LAND

Goodwin der Schreckliche

Alexander Wolkow

Goodwin der Schreckliche

Originaltitel: Гудвин Великий и Ужасный
Originaltext: Sergej Suchinow
Aus dem Russischen von Aljonna und Klaus Möckel
Illustrationen von Leonid Wladimirski

2. Auflage 2012

Druck und Binden: Reálszisztéma Dabas Druckerei AG
Printed in Hungary

ISBN 978-3-89603-095-5
www.leiv-verlag.de

Ein Träumer aus Kansas

Vor vielen Jahren lebte im amerikanischen Kansas ein junger Mann namens James Goodwin. Er war gerade fünfundzwanzig geworden, nicht sehr groß, jedoch stämmig und mit einem üppigen roten Haarschopf ausgestattet. James hatte goldene Hände, die zu jedem Handwerk taugten, und so mancher beneidete ihn um seine Energie und Unternehmungslust.

Der sehnlichste Wunsch Goodwins war es, reich zu werden und eines schönen Tages als Millionär aufzuwachen. Morgens, bevor er sich aus dem Bett schwang, träumte er häufig davon. Irgendwann werde ich in Begleitung einer Dienerschar aus meiner prächtigen Villa treten, dachte er, mich in einen Zweispänner mit rassigen Pferden setzen, die Peitsche schwingen, dass es nur so knallt, und in wilder Fahrt durch die Straßen von Kansas-City brausen. Die Männer werden voll Neid hinter mir herschauen und seufzen:

„Was für ein Glückspilz, dieser Goodwin! Der hat's im Leben zu was gebracht!" Die Mädchen aber werden ihre hübschen Köpfchen schütteln und erwidern: „Was hat das mit Glück zu tun? Ihr seid allesamt Faulpelze und Versager, James dagegen versteht es, Geld aus dem Nichts zu zaubern. Jawohl, Goodwin ist ein echter Zauberer! Irgendwann einmal wird er berühmt werden. Bestimmt bringt er es zum General, wenn nicht gar zum Präsidenten!"

Zuweilen stolzierte der junge Mann vor dem Spiegel auf und ab und malte sich aus, wie er wohl als Millionär aussehen würde, bestens gekleidet und mit einer dicken Zigarre in der Hand. Bei dem Gedanken aber, dass er irgendwann tatsächlich reich und berühmt sein könnte, begann sein Herz vor Freude wild zu schlagen.

Doch ach, all das war nur süße Träumerei. In Wirklichkeit bewohnte James Goodwin ein winziges Zimmer im Keller eines alten zweigeschossigen Hauses, in dem noch ein weiteres Dutzend armer Schlucker wie er lebten. Er besaß weder Diener noch Pferde, konnte sich auch keine Zigarre leisten. Sein Geld reichte nicht einmal aus, sich mittags richtig satt zu essen. Dafür hatte er aber jede Menge lustiger Freunde, genauso arm und ewig hungrig wie er selbst. Außerdem übte er einen wundervollen Beruf aus – James war Schauspieler!

Abend für Abend versammelte sich in dem kleinen Theater von Kansas-City ein buntes, lärmendes Publikum. Es bestand aus Händlern, Holzfällern, Bäckern, Zimmerleuten, Beamten und sogar Polizisten. Damals gab es ja weder Kino noch Fernsehen, und so hatten die Leute kaum eine andere Abwechslung als diese Bühne mit ihrer Hauptattraktion, dem stadtbekannten Mimen James Goodwin!

Die Zuschauer nahmen auf den harten Stühlen Platz und begannen fröhlich drauflos zu schwatzen:

„Wissen Sie, was heute gespielt wird, Mrs. Harley?"

„Nein, keine Ahnung, Mrs. White. Aber was macht das schon,

Hauptsache, unser lieber James ist dabei. Man erzählt übrigens, dass ihm seine Wirtin gestern eine ziemliche Szene gemacht hat, weil er ein Dutzend streunender Hunde nach Hause brachte. Sie hätten die ganze Nacht hindurch im Chor geheult und er mit. Wenn das stimmt, ist er heute garantiert wieder in Bestform!"

Man lachte aufgekratzt und rieb sich die Hände angesichts des bevorstehenden Vergnügens.

An diesem Abend stand ein Stück von Shakespeare auf dem Programm. Es handelte von dem jungen dänischen Prinzen Hamlet, der in einem mittelalterlichen Schloss am Ufer des Meeres lebte. Der Prinz wurde von einem ehemaligen Feuerwehrmann verkörpert, einem dicken, bärtigen Kerl, der es sich nicht nehmen ließ, vor jeder Vorstellung zwei, drei Humpen Bier zu leeren. Danach schwankte er immer ein bisschen, verhedderte sich in seinem langen Umhang und vergaß regelmäßig den Text. Das Publikum freilich kannte seine kleine Schwäche und sagte ihm die Sätze jedes Mal einträchtig vor.

Das Stück nahm seinen Gang. Hamlet stolperte auf der Suche nach seiner Braut Ophelia über die Bühne, doch die Schöne war aus unerklärlichen Gründen nicht auffindbar. Später stellte sich heraus, dass die betreffende Schauspielerin an jenem Abend heftige Zahnschmerzen hatte und, statt ins Theater, zum Dentisten gefahren war.

Hamlet, rot vor Zorn, rang die behaarten Hände und brüllte:

„Hast du zur Nacht gebetet, Desdemona? Sterben wirst du, Verräterin!"

Im Saal wurde Gelächter laut, belustigte Pfiffe ertönten. Ein Bengel aus den hinteren Reihen rief fröhlich:

„Das ist doch aus einem anderen Stück!"

Der Feuerwehrmann begann wild mit den Augen zu rollen.

„Na dann eben Ophelia, wo ist da der Unterschied! Ich erwürge sie so oder so!"

Eine ältere Dame in der ersten Reihe wedelte mit einem Blumenstrauß und quietschte mit dünnem Stimmchen:

„Wir brauchen Ophelia nicht! Als ob wir nicht wüssten, dass sie den Verstand verloren und sich ertränkt hat. Der Geist des Königs soll erscheinen!"

Hier muss man wissen, dass Hamlets Vater einst wirklich ein König war. Er wurde vergiftet und irrte seither als Geist umher. Diese Rolle aber verkörperte James Goodwin, und zwar durchaus mit Bravour.

Hamlet, der Feuerwehrmann, fuhr sich verdutzt durch sein wirres Haar und murmelte:

„Also gut, aber wie lautet nun mein Text, kann mir jemand helfen? ... Jetzt hab ich's wieder, ich glaube: O Herr im Himmel, hilf! Na ja, so ungefähr jedenfalls." Und dann: „He, Geist, komm heraus!"

Goodwin stand inzwischen hinter dem Schlossturm aus Sperrholz und schaute düster in den Saal. Wie gern würde er bei seinem nun folgenden Auftritt den Geist des Königs so spielen, dass alle begriffen, was für ein hervorragender Mime er war! Doch das Publikum erwartete zu seinem Leidwesen ganz andere Dinge ...

Also holte er tief Luft, stülpte sich die Kapuze seines schwarzen Umhangs über den Kopf und trat steifbeinig – so wirkte es gruslliger – hinter dem Turm hervor. Dann hob er langsam den rechten Arm und begann mit Grabesstimme zu deklamieren:

„Ich bin der Geist des Vaters dein,
verdammt des Nachts umherzuirren ..."

Danach trat er mit einem tiefen Seufzer auf Hamlet zu, der grässliche Grimassen schnitt, um zu verdeutlichen, wie sehr er sich fürchtete. Und nun kam die eigentliche Attraktion – Goodwin krachte polternd durch den Bühnenboden!

Das Publikum johlte vor Begeisterung, Bravorufe wurden laut,

Blumen flogen auf die Bühne, junge Burschen und selbst betagte Herren konnten sich nicht enthalten, anerkennend zu pfeifen. Zum Schluss sprangen alle von den Sitzen auf und spendeten tosenden Beifall.

Kurz darauf kletterte Goodwin aus dem Orchestergraben. Sein Umhang war mit Staub bedeckt, von der Kapuze hingen in Büscheln Spinnweben. Er humpelte zur Bühnenmitte und begann sich unter dem stürmischem Applaus der Zuhörer zu verneigen. Der Feuerwehrmann Hamlet warf unterdessen Kusshände in den Saal. Anschließend sammelte er die Blumen auf.

Der Vorhang senkte sich, der erste Akt des Stückes war zu Ende und das Publikum begann sich lautstark auszutauschen.

„Heute war unser James in Hochform! Wie er durch den Boden gekracht ist – alle Wetter! Auf einen Schlag und nicht in Raten, wie vorige Woche, wo die Zimmerleute die Bretter so schlecht angesägt hatten. Erinnert ihr euch, wie der Arme da mit den Absätzen stampfen musste, bis er endlich durchbrach?"

Goodwin dagegen teilte die allgemeine Begeisterung nicht. Er riss sich den schmutzigen Umhang von den Schultern und stürmte mit finsterem Blick hinter die Kulissen. Dort stand der Theaterdirektor, Mister Turner, ein dicker rotbäckiger Mann, kahlköpfig, mit buschigen Augenbrauen und ein ziemliches Ekel.

„Schluss, aus, ich werde nie wieder in diesem idiotischen Stück spielen!", rief Goodwin mit zornbebender Stimme. „Das hier ist ein Schmierentheater und kein ernst zu nehmendes Haus! Vom ständigen Hinstürzen tut mir gewaltig das rechte Bein weh. Wenn das so weitergeht, kann ich bald nur noch mit Krücken auf die Bühne. Ich bin Schauspieler, verstehen Sie, Schauspieler, und kein verdammter Hanswurst!"

Mister Turner verzog angewidert das Gesicht.

„Hör zu, Freundchen, wenn's sein muss, wirst du sogar im Rollstuhl spielen. Was für ein verwöhnter Herr, Schauspieler will er sein, dass ich nicht lache! Wären die Bodenbretter nicht so verfault gewesen, dass sie im vorigen Monat unter dir zerbrachen, hätte ich dich schon längst gefeuert. Leute wie dich gibt's in Kansas wie Sand am Meer. Ich brauche bloß mit den Fingern zu schnippen, und jeder verkrachte Farmer spielt mir den Geist des Königs hundert Mal besser als du. Aber du hast Glück, James, du rasselst verdammt gekonnt durch die Bühne, das gefällt dem Publikum. Nur deshalb bist du noch in meiner Truppe." Das war für Goodwin zu viel.

„Ach, so ist das", rief er, „ich soll bloß den Dummen für Sie spielen! Nicht mit mir, ich gehe, und zwar für immer! Brechen Sie sich doch selber die Beine oder auch das Genick, mitsamt Ihrem Theater! Ich jedenfalls prophezeie Ihnen: Irgendwann werde ich einen König spielen, und zwar keinen lumpigen Geist, sondern einen aus Fleisch und Blut. Und das so gut, dass man mich den Großen nennen wird!"

„Eher den Schrecklichen", erwiderte der Direktor mit schiefem Grinsen. „Du taugst als Schauspieler nicht die Bohne, James. Aus dir wird nie was Gescheites, denk an meine Worte."

„Das werden wir ja sehen!", rief Goodwin. Dann rannte er aus dem Theater und schlug laut die Tür hinter sich zu.

Noch am selben Abend versetzte er seinen einzigen Gehrock, kaufte eine Fahrkarte für die Postkutsche und verließ seine Heimatstadt. Er beschloss, nach Nordwesten aufzubrechen, in einen Staat mit dem geheimnisvollen Namen Dakota. Die Leute erzählten, dort lebe es sich besser als in Kansas, zumal sich ganz in der Nähe der warme Pazifik befinde.

Doch wie sich herausstellte, hatten die Leute gelogen. Nicht die Spur von Pazifik in Dakota. Nur kahle, von der Sonne versengte Prärie, soweit das Auge reichte – kaum anders als in Kansas.

Wie enttäuscht Goodwin war, kann man sich vorstellen. Er hatte sich so auf das blaue Meer gefreut! Da er sich aber kein Billett für die Rückfahrt leisten konnte, blieb er in Aberdeen hängen, einem kleinen Städtchen, das nicht einmal über ein Theater verfügte.

Volle zwei Jahre schlug sich James mit harter Arbeit als Zimmermann, Transportarbeiter und Verkäufer durch. Schließlich hatte er so viel Geld gespart, dass er einen eigenen kleinen Gemischtwarenladen eröffnen konnte.

Was gab es da nicht alles! Lampions, Töpfe, Nähmaschinen, Stiefel, Pferdesättel, Peitschen, Hüte, Kleider und vieles andere mehr. Außerdem verkaufte Goodwin wunderbares Eis: Erdbeer-, Zitronen-, Vanille- und natürlich Schokoladeneis.

Die Erwachsenen schüttelten verständnislos den Kopf.

„Was ist dieser Goodwin schon für ein Händler!“, tuschelten sie. „Kein bisschen geschäftstüchtig! Was fällt ihm bloß ein, in einem Laden für Pferdesättel auch Eis und Süßigkeiten zu verkaufen, Luftballons und andere Kinkerlitzchen! Er verdreht unseren Kindern nur den Kopf. Statt Mathematik zu büffeln, hocken sie tagelang bei ihm herum.“

Und tatsächlich scharten sich die Kinder des Städtchens in Goodwins wundersamem Laden wie Spatzen, die auf Brotkrümel fliegen. In der Schule war es langweilig und zu Hause nörgelten ständig die Eltern: Lass dies, tu jenes nicht, geh nicht bei Regen hinaus – du holst dir nasse Füße, iss nicht zu viel Eis – du bekommst Halsschmerzen.

James dagegen war ganz anders. Er begrüßte jeden mit einem freundlichen Lächeln, erlaubte den Kindern, alle möglichen Dinge aus den Regalen zu nehmen und damit zu spielen. Die Jungen waren begeistert, wenn sie Sättel auf die Schemel legen und wie auf Pferden reiten durften. Dabei schwenkten sie wild die Arme und johlten wie echte Cowboys. Die Mädchen dagegen schmückten sich mit Damenhüten und drehten sich, einen Fächer in der Hand, stundenlang vor dem Spiegel.

Am meisten aber mochten die Kinder das herrliche Eis, in Kristallschälchen serviert. Ein besseres gab es auf der ganzen Welt nicht! Und hatte jemand kein Geld dabei – was die Regel war –, bekam er es von dem gutmütigen James umsonst.

So blieb es nicht aus, dass die Erwachsenen Goodwins Laden schon bald zu meiden begannen. Sie störte das Kindergewimmel, und vom Lachen, vom Gekreisch der Gören tat ihnen der Kopf weh. Wie sollte man bei solchem Trubel in Ruhe einen passenden Sattel oder eine gute Handtasche finden!

Goodwin verlor nach und nach seine zahlungskräftigen Kunden, nur die Kinder gaben sich noch die Klinke in die Hand! Er war sehr betrübt, doch dann, eines Abends im Mai …

Eines Abends im Mai …

Ja, es geschah an einem Maiabend, die Luft war von kräftigem Fliederduft erfüllt und in Goodwins Geschäft hockten wie üblich an die fünfzig Kinder. Ein kleiner Junge, der gerade sein geliebtes Erdbeereis verspeist und dann das Schälchen blankgeleckt hatte, fragte unvermittelt:

„Warum gibt es in deinem schönen Laden eigentlich kein einziges Kinderbuch, Onkel Goodwin?"

„Ja wirklich, warum?", riefen nun auch alle anderen. „Wir möchten Märchenbücher, mit Bildern drin!"

Goodwin stand hinter dem Ladentisch und kratzte sich den Kopf.

„Aber wo soll ich die hernehmen, meine Lieben? Schon möglich, dass in den großen Städten welche zu haben sind, doch wie sollen sie in unser kleines Aberdeen gelangen? Hier kaufen die Leute vor allem Seife und Petroleum, Streichhölzer und Kerzen, die braucht jeder! Kinderbücher dagegen ..."

Die Kleinen machten enttäuschte Gesichter und ein Mädchen war sogar den Tränen nahe. Goodwin bemerkte es und sagte tröstend:

„Wenn ihr wollt, erzähle ich euch etwas Lustiges. Zum Beispiel, wie ich am Theater von Kansas einen König gespielt habe, der als Geist umherirrte. Ich war sehr gut in dieser Rolle!"

Die Augen der Kinder wurden kugelrund.

„Ist das ein Märchen?", fragte ein kleiner Lockenkopf mit blauen Augen.

„Nun ja, nicht ganz." Goodwin zögerte einen Moment. „Aber muss es unbedingt ein Märchen sein?"

„Ja, ja, ein Märchen", ertönte es von allen Seiten. „Ein Zaubermärchen!"

„Himmel, auch das noch! Hier in Dakota gibt's doch gar keine Zauberer, hat es nie welche gegeben."

„Und bei dir in Kansas?", fragte ein Bengel mit roten Haaren und Sommersprossengesicht.

„Nein, in Kansas auch nicht. Dort ist Steppe, so weit das Auge reicht, da kann sich kein Zauberer verstecken. Man sieht im Umkreis von zehn Meilen jede Einzelheit. Sollte aber irgendwo trotzdem ein Märchenreich entstehen, würden sich bald überall die Erwachsenen mit ihren Banken, Büros und Läden breit machen. Da bleibt nicht der geringste Platz für Zauberei!"

Die Kinder seufzten bei diesen Worten so schwer auf, dass James eilig hinzufügte: „Allerdings, ein Zauberreich gibt es vielleicht doch. Es soll jenseits von Kansas hinter einer großen Wüste liegen. An deren Rand erheben sich nämlich … äh … gewaltige Berge, die das Land ringförmig umschließen. Ja, genauso ist das!"

Die Augen seiner Zuhörer leuchteten so freudig auf, dass Goodwin sich fast ein bisschen schämte. Er hatte sich dieses Zauberland ja nur ausgedacht. Was tat man nicht alles, um den Kleinen eine Freude zu bereiten!

In diesem Augenblick sagte zweifelnd ein pausbäckiger Junge:

„Aber hat denn noch niemand diese Berge überquert? Sie sind doch bestimmt weithin zu sehen."

„Die Berge sind natürlich verhext", flunkerte Goodwin drauflos. „Das wurde extra gemacht, damit niemand aus unserer Menschenwelt in das Zauberland gelangen kann. Dafür können sich dort die Märchengestalten – Elfen, Gnome, Riesen, Trolle und was weiß ich noch alles – nach Herzenslust tummeln. Das Zauberland ist der herrlichste Ort auf Erden überhaupt! Da herrscht ewiger Sommer, auf den Wiesen blühen Tausende unterschiedlicher Blumen. Ihre Kelche schließen sich zur Nacht nicht, sondern werden zu bunten Schmetterlingen. Sie flattern zum Himmel empor und führen in der Luft die wundersamsten Tänze auf! Der Mond blinzelt ihnen zu. Er zieht lustige Gesichter und die Sterne spielen die ganze Nacht hindurch Verstecken."

„Gibt es dort auch Zauberer?", flüsterte mit großen staunenden Augen ein blondes Mädchen.

„Natürlich gibt es Zauberer! Gute und böse, ohne die geht's doch gar nicht."

„Erzähl uns mehr von ihnen, bitte!", ertönte es von allen Seiten.

Was blieb Goodwin anderes übrig? Er musste, gewissermaßen aus dem Nichts, die Geschichte des Zauberlandes erfinden. Und so erzählte er den Kindern von kleinen Menschlein, über die eine böse Hexe herrschte. Sie lebte in einer Höhle und zwang ihre Untertanen, jeden Tag Körbe voller Blutegel, Spinnen und Schlangen herbeizuschaffen. Aus diesem scheußlichen Gemisch braute sie ihren Zaubertrank. Eines Tages kam ein Mädchen in ihre Höhle, das sich im Wald verirrt hatte. Die Hexe fand Gefallen an der Kleinen und behielt sie bei sich, um ihr das Zauberhandwerk beizubringen. Doch das Mädchen stellte sich absichtlich dumm an, denn sie wollte auf keinen Fall bleiben. Am Ende gelang es ihr dann auch, die Alte zu überlisten und zu fliehen.

Das Märchen gefiel den Kindern sehr und tags darauf strömten noch mehr Zuhörer in Goodwins Laden. James wollte wie üblich das Eis aus dem Kühlschrank holen, doch zu seiner Überraschung wehrten die Kleinen ab:

„Eis können wir hinterher essen", rief ein Rotschopf, „erst wollen wir ein neues Märchen hören!"

„Genau!", unterstützten ihn zwei Zwillingsschwestern mit kurzen Zöpfchen. „Obwohl wir das Eis auch nebenbei essen könnten. Beim Zuhören, das wäre noch besser."

James blieb nichts anderes übrig, als sich abermals ein Märchen über das Zauberland auszudenken. Dann noch eins, und noch eins …

So ging das Woche um Woche. Goodwin hatte sich dermaßen ins Erzählen vertieft, dass er seinen Laden völlig vernachlässigte. Von morgens bis abends war er damit beschäftigt, sich neue Märchen auszudenken, eines schöner als das andere. Manche waren lustig, andere voller Zauberei, wieder andere ein bisschen gruselig. Zu seinem Erstaunen gefielen die Gruselgeschichten den Kindern am besten.

Bald darauf wurde in Aberdeen gemunkelt, der Ladenbesitzer Goodwin sei endgültig übergeschnappt. Statt Petroleum, Seife und Haushaltwaren zu verkaufen, befasse er sich ausschließlich damit, den Kindern allerlei Flausen in den Kopf zu setzen!

Der Bürgermeister der Stadt, ein schon älterer und überaus gesetzt wirkender Mann, stülpte sich einen schwarzen Zylinder auf den Kopf und fand sich höchstpersönlich in dem seltsamen Laden ein. Goodwin stand am Tresen und kritzelte mit einem Bleistift hastig die nächstfällige Geschichte in ein Heft – er wollte sie den Kindern am Abend erzählen. Als der Bürgermeister höflich grüßte und eine Schachtel bester Zigarren verlangte, winkte James bloß ab und murmelte, ohne aufzublicken:

„Behelligen Sie mich nicht mit Kleinigkeiten, Sir. Ich habe soeben eine wunderbare Geschichte über ein unterirdisches Reich erfunden, in dem ein böser Zauberriese herrscht!"

Dem Bürgermeister verschlug es regelrecht die Sprache. Edle Zigarren – eine Kleinigkeit? In der Tat, der Mann konnte nicht bei Verstand sein. Und überhaupt, ein unterirdisches Reich, gab es so etwas in Dakota? Natürlich nicht, wie denn auch? Von Riesen oder Zauberern konnte gleich gar keine Rede sein. Also wirklich, diesem Unfug musste Einhalt geboten werden!

Am nächsten Morgen fand sich eine Schar Erwachsener vor dem Geschäft ein und forderte lautstark, mit Fäusten, Stöcken und Regenschirmen fuchtelnd, James solle die Stadt verlassen.

„Schon Eis in einem Laden wie dem Ihren zu verkaufen, ist nicht normal", riefen sie erbost, „und nun erzählen sie noch Märchen! Sie sind verrückt, verschwinden Sie von hier! Fliegen Sie in Ihr Zauberland oder auf den Mond, nur setzen Sie unseren Kindern keine Flausen mehr in den Kopf!"

Was blieb Goodwin anderes übrig? Er schloss, ohnehin fast ruiniert, sein Geschäft. Für das verbleibende Geld kaufte er ein Pferd und brach in aller Frühe auf, als die Stadt noch zu schlafen schien. Plötzlich jedoch kamen aus allen Häusern die Kinder gerannt. Sie liefen hinter ihm durch die Straßen, schwenkten die Arme und riefen:

„Bleib hier, Onkel Goodwin, bitte bleib hier!"

James fiel es sehr schwer, sich von seinen kleinen Freunden zu trennen. Doch er zwang sich zu einem fröhlichen Lächeln, nahm die Mütze vom Kopf und winkte den Kindern zu:

„Lebt wohl! Eines Tages werdet Ihr noch vom Zauberland hören, das verspreche ich euch!"

Und das Pferd, mit den Hufen schlagend, trug seinen Reiter in die Prärie davon.

Der Sturm

Damit nahmen Goodwins Irrfahrten ihren Anfang. Es verschlug ihn in viele Städte Dakotas, doch nirgends konnte er heimisch werden. Sein rastloser Charakter hinderte ihn daran, sich einer ernsthaften Tätigkeit zu widmen. Wenn er aber doch einmal eine Aufgabe in Angriff nahm, kam selten etwas Gutes dabei heraus.

Zum Beispiel beschloss er eines Tages, eine Zeitung herauszugeben, den „Bahnbrecher von Dakota". Darin erläuterte er den Lesern ausführlich, wie man am besten Hühner und Kaninchen züchtete, Tomaten pflanzte oder Motten bekämpfte.

Ausgerechnet in diesem Jahr aber herrschte eine große Dürre und die Farmer wussten nicht, womit sie ihr Vieh füttern sollten – sie hatten weder Korn noch Heu. Die Zeitung wurde mit Briefen und Hilferufen überschüttet.

Anstatt sich jedoch zurückzuhalten, ging mit Goodwin wieder einmal die Fantasie durch. In einem Artikel riet er seinen Lesern, den Kühen grüne Brillen aufzusetzen. Nein, keine gewöhnlichen, sondern solche, durch die das Vieh einfache Sägespäne als saftiges Gras betrachten würde. Schüttete man ihm die Späne hin, würde es sich nur so darauf stürzen und sie mit großem Appetit wegputzen!

Das sollte natürlich bloß ein Scherz sein. Wenn jemand in Not war, konnte nach James' Meinung ein bisschen Humor nur helfen. Leider aber hatten ein paar einfältige Farmer seinen Rat treuherzig befolgt, und ... na ja ... erneut blieb Goodwin nichts anderes, als die Stadt des Nachts fluchtartig zu verlassen. Aus dem ganzen Umkreis waren nämlich aufgebrachte Bauern herbeigeströmt, um sich den Artikelschreiber vorzuknöpfen. Ihr Vieh hatte von den Sägespänen heftige Bauchschmerzen bekommen.

Zu guter Letzt fand James eine Anstellung in einem Zirkus, der auf dem Marktplatz einer größeren Stadt zu Hause war. Hier fiel ihm eine besondere Aufgabe zu: Er arbeitete als Ballonfahrer! Bei Licht besehen, fuhr er freilich nirgendwohin, sondern saß einfach in einem Korb, der an einem großen Ballon aus grüner Seide hing. Der Ballon wurde mit Wasserstoff gefüllt, war somit leichter als Luft und schwebte sanft in die Höhe. Damit ihn der Wind nicht forttragen konnte, führte eine Leine vom Korb zu einem Eisenhaken unten im Boden.

Den Jahrmarktbesuchern gefiel es, die Köpfe in die Höhe zu recken und den kühnen Ballonfahrer zu bewundern, auch wenn der sich nicht vom Fleck rührte. Goodwin schwenkte zur Antwort seinen Hut und winkte den Gästen zu. Das war es auch schon. Abends wurde der Ballon heruntergezogen und James ging in sein Hotel, wo er ein kleines Zimmer gemietet hatte.

Dort aber fühlte er sich oftmals traurig und allein. Nur zu oft kamen ihm die Worte seines ehemaligen Theaterdirektors in den Sinn: „Du wirst es nie zu etwas bringen!" Und so unangenehm es für Goodwin auch war – der Glatzkopf hatte recht behalten. Was war das schon: ein Ballonfahrer, der nur am Fleck stand! Fast Dreißig war er inzwischen, hatte es aber keineswegs geschafft, dass man ihn den Großen oder auch nur den Schrecklichen nannte. Schlichtweg ein Versager! Es wäre wohl besser gewesen, im heimatlichen Kansas zu bleiben und dort bis in alle Ewigkeit den Geist

des Königs zu spielen, der allabendlich durch die Bühnenbretter krachte.

Eines Tages nun, es war ein heißer Julimorgen, schwebte der Ballon wie gewöhnlich in die Höhe. Goodwin stand in seinem Korb und schaute düster auf die bunte Menschenmenge hinunter, die allmählich den Marktplatz füllte und sich um die Verkaufsstände scharte. Einige Damen winkten und schickten ihm Kusshände zu, James aber dachte gar nicht daran, seinen Hut zu lüpfen, um die Grüße zu erwidern. „Schluss, aus", murmelte er, „morgen werde ich diese verdammte Stadt verlassen. Ich hab's satt! Nur möglichst weit weg von hier, irgendwohin an den Ozean. Vielleicht sollte ich sogar wieder nach Kansas zurückkehren."

Plötzlich entdeckte James fern im Norden dunkle Wolken. Sie kamen zielstrebig auf die Stadt zu. Meine Güte, das sieht nach einem Unwetter aus, durchfuhr es Goodwin, das würde mir gerade noch fehlen! Er beugte sich über den Korbrand und schrie:

„He, ihr da unten, zieht mich herunter! Wir bekommen Sturm!"

Doch ausgerechnet jetzt waren die beiden für den Ballon zuständigen Arbeiter verschwunden. Aus eigener Kraft aber konnte der junge Mann nicht zur Erde gelangen.

Während der Sturm mit Eilzugtempo auf die Stadt zuraste, überlegte Goodwin, was zu tun sei. Doch schon in der nächsten Minute stieß das Unwetter, einem Boxer gleich, seine unsichtbare Faust gegen den Ballon. James' Korb geriet so stark ins Schwanken, dass er selbst das Gleichgewicht verlor und rücklings auf den Korbboden krachte. Ein lautes Sirren ertönte – das Seil, das den Ballon mit der Erde verband, war gerissen. Mitsamt seinem Passagier sauste das Gefährt in den dunkler werdenden Himmel davon!

Da bin ich in der Tat zu einem echten Ballonfahrer geworden, dachte James verdutzt. Er rappelte sich auf, beugte sich über den Korbrand und schaute in die Tiefe. Der Erdboden entfernte sich pfeilschnell.

„Der Sturm trägt mich ja geradenwegs auf Kansas zu!", murmelte Goodwin und kratzte sich nervös den Kopf. „Also will es das Schicksal selbst, dass ich in die heimatlichen Gefilde zurückkehre. Sollte ich heil unten ankommen, werde ich für immer dort bleiben, Ehrenwort!"

Der Sturm trieb den Ballon einen ganzen Tag und eine ganze Nacht unter den Wolken dahin. Goodwin hatte die meiste Zeit verschlafen, denn das Pfeifen des Windes und die ständige Schaukelei hatten ihn eingelullt wie ein Baby in der Wiege. Es mag seltsam klingen, aber er verspürte nicht die geringste Furcht. Soll kommen, was will, dachte er.

Als er erwachte, sah er die Sonne hinter dem Horizont aufstei-

22
Der Sturm

gen. Der Sturm war mittlerweile abgeklungen und der Ballon glitt langsam dahin.

Ein Blick nach unten ließ Goodwin vor Schreck erschauern. Er flog über eine riesige, schier endlose Wüste! In der Ferne erspähte er eine Gebirgskette.

Wohin hat es mich denn jetzt verschlagen?, dachte James verwundert. In meinem heimatlichen Kansas gibt es doch keine so großen Wüsten und die Berge sind weit weg. Das reinste Wunder!

Die Berge kamen schnell näher. Sie waren ziemlich hoch und einige Gipfel sogar schneebedeckt. Goodwin rieb sich kräftig die Augen, kniff sich dann ins Ohr. Es tat weh, also träumte er nicht. Aber wo, um Himmels willen, befand er sich?

Plötzlich fiel ihm etwas Sonderbares ein. Jemand hatte einmal von einem Zauberland erzählt, das hinter der Großen Wüste lag und von einem Ring hoher Berge umgeben war.

„Aber das war ich doch selber, wenn's auch einige Zeit her ist!" Goodwin schlug sich verblüfft vor die Stirn. „Damals, als ich Geschichten für die Kinder erfand. Sie wünschten sich seinerzeit alle möglichen Zaubermärchen!" Dann, nach einigem Überlegen, fügte er leise hinzu: „Und wenn ein solches Land nun wirklich existiert? Das wäre eine Supersache! Zu gern würde ich sehen, was mein Direktor, Mister Turner, dazu sagt. Oder was die braven Bürger von Aberdeen meinen! Ihre Kinder dagegen würden sich bestimmt riesig freuen. Wie's scheint, werden Märchen manchmal eben doch wahr ..."

Der Wind erfasste den Ballon mit neuer Kraft, trug ihn über einen der Berge und Goodwin sah ergriffen ein wunderbares Land unter sich liegen.

Der Berg und der Vogel

Ein einziger Blick genügte, um zu begreifen: Das hier war das Zauberland! Nirgendwo in der gewöhnlichen Welt konnte es so liebliche Wiesen, Wälder und Seen geben. Und als Goodwin den Blick zur Sonne hob, hatte er den Eindruck, sie zwinkere ihm fröhlich zu.

Der junge Mann riss sich die Mütze vom Kopf, schwenkte sie ausgelassen und rief aus voller Kehle:

„Sei gegrüßt, Zauberland! Hurra-a-a!“

Nachdem er sich ein wenig beruhigt hatte, beugte er sich über den Korbrand und betrachtete die wundersamen Landschaften, die tief unter ihm dahinglitten. Schon bald fiel ihm auf, dass der Ballon einem seltsamen gelben Band zu folgen schien, das sich zwischen Hainen und Hügeln dahinschlängelte. Zuweilen tauchte es in dichte Wälder ein, zuweilen durchquerte es Wiesen und Felder.

Was das wohl sein mag?, überlegte Goodwin. Das Band erinnert an eine Straße, aber warum ist sie gelb? Ob sie so angestrichen wurde? Doch wo nimmt sie ihren Anfang, wo führt sie hin? In diesem Land gibt es offenbar keinerlei Städte und ebenso wenige Dörfer. Merkwürdig!

Schließlich, nach mehreren Stunden Flug, entdeckte James doch noch einige Siedlungen. Sie bestanden aus freundlich wirkenden runden Häuschen mit blauen Spitzdächern.

„Sonderbar“, murmelte Goodwin. „Eine gelbe Straße und nichts als blaue Dächer. Wozu soll das gut sein. Haben die Bewohner dieses Landes denn keine anderen Farben? Aber halt, vielleicht haben sie ihre Häuser ganz bewusst so gestrichen, weil das hier das Blaue Land ist! Ja genau, so wird es sein.“

Einige Zeit später schwebte der Ballon an einem breiten Fluss dahin, an dem sich endlose, üppige Wälder erstreckten. Auf den

Lichtungen tauchten ab und zu winzige Dörfer auf, deren Häuser allerdings grün gestrichen waren.

„Aha, demnach handelt es sich hier um das Grüne Land!“, sagte Goodwin erfreut. „Wie wunderschön das ist, man kann einfach nicht den Blick davon lassen! Bei uns in Kansas dagegen gibt es nur öde Prärie, soweit das Auge reicht. Da gefallen mir diese Wälder weit besser! Ja genau, in dem Grünen Land dort unten würde ich gern leben ...“

Und er befahl: „He, Ballon, geh nieder!“

Der Ballon aber dachte gar nicht daran zu gehorchen. Er glitt unaufhaltsam weiter und die gewaltige Ausdehnung dieses Zauberlandes benahm dem jungen Mann fast den Atem: Bestimmt war es kein bisschen kleiner als das gesamte Kansas. Fragte sich nur, wie so etwas möglich sein konnte.

„Ganz einfach“, gab sich Goodwin gleich darauf selber Antwort, „dieses Land trägt seinen Namen anscheinend nicht von ungefähr! Und wenn man zehnmal durch unsere Prärien streifen würde – die Gebirgskette, die das Zauberreich umgibt, würde man schlichtweg nicht bemerken, weil sie ja verzaubert ist! Was für ein Glück ich doch hatte, zufällig hierher verschlagen zu werden!“

Bald darauf erblickte James erneut die gelbe Straße und winkte ihr, wie einer alten Bekannten, freudig zu. Links und rechts lagen einige Dörfer mit grün gedeckten Häusern. Nur eine Stadt war nach wie vor nicht zu entdecken.

Im ersten Moment war unser Ballonfahrer etwas beunruhigt. Schade, dachte er, wenn es hier keine Städte gibt, wird es auch nirgendwo ein Theater geben. Dabei stände ich so gern mal wieder auf der Bühne, würde den Leuten zeigen, was für ein großartiger Schauspieler ich bin! Na ja, und wo keine Theater sind, existieren wohl auch keine Zeitungen. Genauso wenig wie große Jahrmärkte. Was soll ich dann aber hier tun, womit meinen Lebensunterhalt verdienen?

Doch schon im nächsten Augenblick hatte sich Goodwin gefasst. Er schlug sich fröhlich mit der Hand vor die Stirn:

„Was bin ich bloß für ein Dummkopf!“, rief er aufgeräumt. „Schließlich hat es mich nicht irgendwohin verschlagen, sondern ins Zauberland! Das fehlte noch, dass ich mir hier mit allerlei dummem Zeug die Zeit vertreibe und auf der Bühne den Hanswurst spiele. Nein, mir ist ganz anderes beschieden, nämlich König in diesem Grünen Land zu werden! Wenn das der feine Mister Turner erfahren könnte! Wie ihn das fuchsen würde, platzen würde er vor Wut und Neid!“

Bei diesem Gedanken rieb sich Goodwin vor Vergnügen die Hände. Er konnte es kaum erwarten, seinen Fuß auf festen Boden zu setzen.

Der Ballon dachte immer noch nicht daran, niederzugehen. Er schwebte weiter den gelben Weg entlang, auch wenn er langsam an Höhe verlor. Meine Güte, dachte Goodwin erschrocken, er wird doch wohl nicht über das Grüne Land hinausfliegen! Womöglich erwartet mich dahinter wieder Wüste oder gar das Meer? Das könnte glatt mein Ende bedeuten!

Endlich tauchte eine große Lichtung vor ihm auf, in deren Mitte ein gewaltiger, ausladender Baum stand. Der gelbe Weg zog eine Schleife um ihn und verebbte.

Unvermittelt beendete der Ballon seine Fahrt. Er sauste pfeilschnell zur Erde und knallte – r-rumms – mitten in die üppige Baumkrone, in deren Zweigen er hängen blieb. Goodwin wurde aus dem Korb geschleudert und flog kopfüber in die Tiefe. Zum Glück befand sich gleich neben dem gelben Weg ein großer Heuschober, in dem James wie ein lebendes Geschoss mit dem Kopf voran landete. Nur seine Füße mit den kurzen Stiefeln schauten noch heraus.

Der junge Mann begann verzweifelt zu zappeln, um sich aus dem Heuschober zu befreien. Dabei verlor er seine Stiefel, so dass er nur noch die rot-weiß gestreiften Socken an den Füßen hatte.

Ein paar letzte Anstrengungen und Goodwin konnte sich mit einem befreiten Aufschrei aus dem Heu lösen. Allerdings landete er mit dem linken Fuß unglücklich auf einem spitzen Stein, so dass er laut aufjaulte und, die verletzte Ferse umklammernd, auf dem anderen Bein über den gelben Weg hüpfte. Vor heftigem Schmerz kniff er die Augen zu. Auf diese Weise merkte er gar nicht, dass er dabei den Baum umrundete.

Plötzlich war die Luft um ihn her voller Blitze und Goodwin setzte sich vor Verblüffung auf den Hosenboden. Er blickte kopfschüttelnd in die Runde und stöhnte auf. Der riesige Baum mit dem Ballon in der Krone war verschwunden, dafür jedoch erhob sich direkt vor ihm ein hoher, kegelförmiger Berg zum Himmel, der mit grünem Gras und bunten Blumen bedeckt war. Der gelbe Weg aber wand sich in Serpentinen bis hinauf zu seiner Kuppe.

„Die reinste Hexerei", hauchte Goodwin. „Wo kommt dieser Berg her? Vorher war hier nicht der kleinste Hügel, ich hab es genau gesehen! Und mein Ballon ist auch verschwunden! Mitsamt dem riesigen Baum!"

Nachdem er sich halbwegs gefasst hatte, beschloss Goodwin, den Berg zu erklimmen, um die Gegend aus der Höhe genauer zu erkunden. Er klopfte sich das Heu aus den Kleidern und stapfte leicht hinkend den gelben Weg hoch.

Ziemlich außer Atem erreichte er schließlich den Gipfel. Er holte tief Luft und ließ seinen Blick in der Hoffnung schweifen, irgendwo den vertrauten Baum mit dem Ballon zu erspähen. Doch dem war nicht so. Vielmehr bot sich James ein anderer, so überwältigender Anblick, dass er mit einem verblüfften Seufzer auf einem moosbewachsenen Findling Platz nahm.

Keine Meile von seinem Berg entfernt erhob sich, von einer hohen Ziegelmauer umgeben, eine wunderschöne Stadt! Die spitzen Türmchen waren mit großen, grün funkelnden Steinen besetzt und überhaupt leuchteten alle Gebäude in smaragdfarbenem Grün.

„Was für eine Geschichte!", ächzte Goodwin, wie vom Donner gerührt. „Dabei dachte ich schon, hier im Zauberland gäbe es keine einzige Stadt. Wie es scheint, gibt es doch eine, und die hat's in sich! Es ist eine richtige Smaragdenstadt!"

„Woher weißt du, dass es sich dort drüben um die Smaragdenstadt handelt?", vernahm er plötzlich ein silberhelles Stimmchen.

Ein seltsamer goldfarbener Vogel mit Regenbogenflügeln und üppigem Pfauenschweif hatte sich vor Goodwin niedergelassen. Er hatte blaue Augen und auf dem Kopf einen großen Federbusch.

James wunderte sich nun über gar nichts mehr. Er befand sich im Zauberland, also mussten auch die Vögel verzaubert sein. Da wäre es schon erstaunlicher gewesen, hätte sich ein gewöhnliches Huhn vor ihm aufgebaut, zu gackern begonnen und Eier gelegt.

Er erhob sich von dem Findlung, verneigte sich höflich und sagte:

„Guten Tag, verehrter Vogel. Um ehrlich zu sein, hatte ich nicht die blasseste Ahnung, wie die hübsche Stadt dort drüben heißt. Das Wort ‚smaragden' passt ganz einfach zu ihr, sehr gut sogar. Eine Frage hätte ich jetzt aber: Sind ihre Türme tatsächlich mit Smaragden besetzt?"

„Na gewiss doch." Der Regenbogenvogel nickte gewichtig.

„Das ist wirklich erstaunlich", erwiderte James. „Nie im Leben hätte ich gedacht, dass es irgendwo auf der Welt so große Edelsteine gibt. Und überhaupt bietet dieses Land auf Schritt und Tritt die wundersamsten Dinge."

„Das ist wahr." Der Vogel nickte erneut. „Ich zum Beispiel bin gleichfalls verwundert, darüber nämlich, wie du es geschafft hast, diesen Berg zu erklimmen. Du bist doch nicht etwa ein Abgesandter des großen Hurrikap?"

„Hurrikap, wer soll das sein?" Goodwin zwinkerte verblüfft. „Ich habe noch nie von einem Mann solchen Namens gehört. Bei uns in Kansas-City gab es zwar mal einen alten Klempner, der hieß so ähnlich, aber den meinst du bestimmt nicht."

Nun war es an dem Regenbogenvogel, erstaunt zu sein.

„Kansas-City? Noch nie davon gehört. Ist das eine Stadt der Käuer? Wohl kaum … du hast ja keinerlei Ähnlichkeit mit ihnen, weder von der Größe noch von der Kleidung her. Im Vergleich zu den Käuern bist du ein wahrer Riese!“

„Die Käuer, von denen du sprichst, verehrter Vogel, sind mir völlig unbekannt“, sagte Goodwin betreten. „Noch mehr freilich beunruhigt mich, dass mein Ballon verschwunden ist. Ein gewaltiger Sturm hat mich mitsamt dem Ballon in die Luft gehoben, durch eine große Wüste und über hohe Berge bis in dieses Land getragen. Nur habe ich nicht die geringste Ahnung, was das für ein Land ist. Ich hab mich offenbar total verirrt."

Der Vogel seufzte entsetzt auf und bedeckte die Augen mit den Flügeln.

„Du … du bist über die Große Wüste geflogen?", fragte er mit bebender Stimme.

„Wenn ich's dir sage."

„Aber das bedeutet ja, dass du aus der Menschenwelt zu uns gekommen bist!"

„Stimmt genau." Goodwin nickte. „Ich habe in Dakota als Ballonfahrer gearbeitet, verstehst du? Nun ja, gefahren bin ich eigentlich nie, hab mit meinem Korb nur immerzu am gleichen Fleck gehangen, überm Jahrmarkt, zum Vergnügen der Leute. Dann kam plötzlich dieser Sturm auf, der mich …"

Der Regenbogenvogel hüpfte unverhofft auf Goodwin zu und pickte ihn schmerzhaft ins Bein. James, einen Schrei unterdrückend, verstummte jäh.

„Schluss mit dem Geschwätz!", rief der Vogel aufgebracht. „Du wirst auf der Stelle in deine Menschenwelt zurückkehren. Gewöhnliche Leute haben keinen Zutritt zu unserm Land, das könnte sehr gefährlich für sie werden!"

„Aber wieso denn?" Goodwin war verblüfft. „Mir gefällt es ausnehmend gut bei euch und ich würde mit dem größten Vergnügen hier bleiben."

Der Vogel hackte erneut zu, diesmal noch stärker.

„Keiner hat das Recht, sich ohne Einladung des Großen Hurrikap in diesem Land aufzuhalten", zeterte er. „Also pack deine Siebensachen und verschwinde! Außerdem darfst du niemanden von diesem Berg erzählen, auch nicht, auf welche Art und Weise du hergekommen bist, ist das klar?"

„Von mir aus", sagte James beleidigt, „wenn du so darauf bestehst … Aber eins würde ich vorher doch gern wissen: Wieso habe ich diese wunderschöne Smaragdenstadt, die ich ganz hinreißend finde, vom Ballon aus nicht gesehen? Mir kommt das sehr merkwürdig vor."

„Versprichst du mir, endlich zu verschwinden, sobald ich deine Frage beantwortet habe?", erkundigte sich der Regenbogenvogel.

„Ich verspreche es."

„Gut. Dann will ich dir verraten, dass es die Smaragdenstadt gar nicht gibt. Sie ist noch nicht erbaut! Von diesem Berg aus sieht man lediglich, wie sie in hundert Jahren aussehen wird."

Goodwin konnte es nicht fassen.

„In hundert Jahren …", murmelte er. „Das ist ja schon wieder ein Wunder! Demnach kann man von diesem Berggipfel in die Zukunft schauen?"

„Ja, aber nur, wenn man den Gipfel vor Mittag erklommen hat. Nach dem Mittag dagegen ist von hier aus die Vergangenheit des Grünen Landes zu sehen." Und der Vogel fügte hinzu: „Nun aber verschwinde endlich! Wie oft soll ich noch wiederholen, dass es sehr gefährlich für dich werden kann, hier zu bleiben!"

Er begann erneut auf Goodwin einzuhacken, nahm sich diesmal Hals und Schultern vor. Vergeblich versuchte James, das Tier abzuwehren, dessen spitzer Schnabel gezielt alle ungeschützten Stellen traf. Schließlich nahm er die Beine in die Hand und rannte den gelben Serpentinenweg hinunter.

Unten angelangt, stieß er mit voller Wucht gegen eine unsichtbare Wand.

„Weiter, weiter!", kreischte der Vogel, der wütend über seinem Kopf kreiste.

„Aber wo soll ich denn hin, hier ist ein unsichtbares Hindernis!", rief Goodwin ärgerlich.

„Du musst auf dieselbe Art und Weise verschwinden, wie du

hergekommen bist!", krächzte der Vogel. „Erinnere dich. Was hast du getan, nachdem du aus dem Ballon gefallen warst?"

„Ich bin aus dem Heuschober gekrochen. Ich wäre beinahe darin erstickt."

„Und dann, was war weiter?"

„Dann? Dann bin ich auf einen spitzen Stein getreten und vor Schmerzen herumgehüpft."

„Also musst du das auch jetzt tun. Nun mach schon, beeil dich."

Was blieb Goodwin anderes übrig? Obwohl er sich wie der letzte Dummkopf vorkam, packte er sein linkes Bein mit den Händen und begann auf dem rechten zu hüpfen. Und da …

Urplötzlich waren die Blitze von vorhin wieder um ihn her! Goodwin kniff die Augen zusammen und als er sie erneut aufschlug, stellte er fest, dass er sich unter dem großen Baum befand, einer alten Ulme. An ihren Zweigen hing traurig sein Ballon.

Neben dem Baum aber standen zwei Dutzend seltsamer kleiner Menschen, grün gekleidet und mit grünen spitzen Hüten auf dem Kopf. Bei Goodwins Anblick fielen sie einhellig auf die Knie und ein Greis mit langem grauen Bart sagte feierlich:

„Sei gegrüßt, Großer Zauberer! Wir haben schon lange darauf gewartet, dass du zu in das Grüne Land kommst!"

Der Herrscher des Grünen Landes

Goodwin sah die Menschlein verblüfft an. Er war schon im Begriff zu erwidern: Ihr irrt, ich bin keineswegs ein Zauberer, sondern ein gewöhnlicher Bewohner der Menschenwelt und war zuletzt Ballonfahrer. Ein furchtbarer Sturm hat mich mitsamt meinem Ballon zufällig in euer Land getragen.

Doch dann überlegte er es sich anders. Er presste die Lippen fest aufeinander, um sich nicht versehentlich zu verplappern. Weshalb sollte ich mich eigentlich nicht als Zauberer ausgeben, dachte er. Die Spitzhüte hier haben wahrscheinlich noch nie in ihrem Leben einen Ballonfahrer oder gar einen Ballon gesehen, können sich demnach nichts darunter vorstellen. Überhaupt machen sie einen sehr vertrauensseligen Eindruck, sie ein bisschen zu beschwindeln dürfte nicht schwer sein. Gut, das ist nicht gerade anständig, doch wenn sie es so wollen … Auf diese Weise könnte ich Herrscher in ihrem Land werden!

Er stemmte die Arme in die Hüften und erklärte hochmütig:

„Ja, es stimmt, ich bin der Große Zauberer Goodwin und in einem Luftschiff vom Himmel zu euch herabgestiegen. Euer Land gefällt mir, deshalb habe ich beschlossen, mich hier anzusiedeln. Ich erweise euch die Gnade, meine künftigen Untertanen zu werden. Zunächst aber sagt mir, wer ihr seid."

Der Greis mit dem grauen Bart verneigte sich erneut und erwiderte:

„Unser Volk gehört zum Stamme der Arsalen. Wir leben schon viele tausend Jahre hier im Grünen Land. Früher haben wir, genau wie alle Nachbarvölker, unsere Herrscher selbst ausgewählt. Doch vor zweihundert Jahren kamen plötzlich vier Zauberinnen in Hurrikaps Reich. Zwei von ihnen, Willina und Stella, sind gütig, sie regieren das Gelbe beziehungsweise das Rosa Land. Im Blauen Land der Käuer dagegen herrscht die böse Hexe Gingema, im Violetten Land der Zwinkerer ihre Schwester Bastinda.

Goodwin runzelte finster die Brauen. Das fehlt mir gerade noch!, dachte er. Demnach gibt es hier bereits Zauberer. Sie können mich leicht entlarven und dann wird's gefährlich. Ja, kreuzgefährlich kann das werden, denn was habe ich solchen Künsten schon entgegenzusetzen? Ich kann mir nur mit irgendeiner List behelfen.

Und tatsächlich kam ihm nach kurzem Überlegen der rettende Gedanke. Er lächelte erleichtert und sagte:

„Bei euch im Grünen Land gibt es also noch keine Zauberer? Ihr werdet von einem gewöhnlichen Sterblichen regiert?"

„So ist es, Großer Goodwin." Der Graubärtige senkte zum dritten Mal ehrerbietig den Kopf. „Unser Herrscher heißt Sandar, er lebt in einem kleinen Dorf etwa zwanzig Meilen von hier. Sandar ist der Weiseste unter den Arsalen und schon ganz alt, noch viel älter als ich!"

Goodwin traute seinen Ohren kaum.

„Was denn, euer Herrscher lebt in einem ganz gewöhnlichen Dorf? Er hat nicht mal einen Palast?"

Der Graubärtige schüttelte den Kopf.

„Nein, Sandar bewohnt eine einfache Hütte. Wir haben schon mehrmals vorgeschlagen, ihm ein schönes, größeres Haus zu bauen, doch er lehnte immer ab. Seine Antwort lautet jedes Mal: „Macht ein Palast mich vielleicht weiser oder zu einem besseren Herrscher? Keinesfalls, also lasst es gut sein. Ich will auch weiterhin so wohnen wie meine Landsleute. Das hilft mir, eure Freuden und Leiden genauer zu verstehen."

Goodwin sagte leicht verächtlich:

„Euer Herrscher ist nicht gar so weise, wie ihr vielleicht glaubt. Ich jedenfalls meine: Je prunkvoller der Palast, desto besser der Herrscher! Als Großer Zauberer muss ich darauf bestehen, dass ihr mir den schönsten Palast auf Erden errichtet. Erst dann bin ich bereit, euch und euer Grünes Land zu regieren. Denn ihr Arsalen wünscht doch bestimmt Schutz vor den bösen Zauberinnen, ist es nicht so?"

„Ja, ja, ja!", riefen die Spitzhüte wild durcheinander. „Wir haben große Angst vor Gingema und vor Bastinda! Bitte bleib bei uns, Goodwin!"

„Für euch bin ich der Große Goodwin!", belehrte sie James. „Und nun bringt mich ins nächste Dorf, setzt mir ordentlich was zu essen vor – ich bin völlig ausgehungert!"

Der graubärtige Alte sah ihn erstaunt an und Goodwin fügte eilig hinzu:

„Natürlich könnte ich mir jedes beliebige Mahl selber herbeizaubern, Köstlichkeiten, wie ihr sie noch nie im Leben gesehen habt. Doch ich möchte sicher sein, dass ihr als Untertanen für mich taugt. Vielleicht seid ihr ja faul und ungeschickt. In diesem Fall würde ich lieber ins Blaue Land fliegen, die Hexe Gingema vertreiben und diese Käuer regieren, die ihr vorhin erwähnt habt."

„Nein, nein, nein!", riefen die Spitzhüte erschrocken. „Du musst bei uns bleiben, Großer Goodwin, wir werden alles tun, was du befiehlst!"

Von dieser Zeit an lebte Goodwin im Grünen Land. Die Arsalen erwiesen sich als überaus gutmütige und fleißige Leute. Sie waren geschickte Bauern und Gärtner, verstanden sich auf fast jedes Gewerbe. Ihre Hütten freilich waren allesamt aus Holz, denn Steine für den Häuserbau gab es hier nicht. Es fehlte an Bergen und Felsen.

Goodwin zog in ein hübsches Häuschen, das seine neuen Untertanen eigens für ihn hergerichtet hatten. Mehrere Tage lang brütete er über Plänen für seinen künftigen Palast, fertigte Zeichnungen an. Ihm schwebte eine große Festung vor, die von hohen Mauern und einem tiefen Graben umgeben war. In einer solchen Festung wäre ich vor den bösen Zauberinnen sicher, sagte er sich und skizzierte Türme mit winzigen Fenstern, die an Schießscharten erinnerten. Mit diesen einfältigen Arsalen dagegen werde ich keinerlei Scherereien haben. Sie sind leichtgläubig, haben mir den Großen Zauberer ohne weiteres abgenommen.

Doch Goodwin sollte sich irren. Als er den Dorfbewohnern seine Zeichnungen vorlegte, sahen sie sich nur betreten an. Der Graubärtige – er hieß Wardal und war Dorfältester – wagte es als Erster, seine Meinung zu äußern:

„Ein solches Gebäude können wir nie und nimmer errichten, Großer Zauberer", erklärte er ehrerbietig.

Goodwin machte ein finsteres Gesicht.

„Warum denn nicht?"

„Aus dreierlei Gründen. Erstens fehlt uns jede Erfahrung im Festungsbau, zweitens fragen wir uns, wo wir all die Steine hernehmen sollen, die dafür gebraucht werden. Hier im Grünen Land gibt es zwar Wälder in Hülle und Fülle, doch keinen einzigen Berg oder Felsen, aus dem man Steine gewinnen könnte."

„Und drittens?", fragte Goodwin zornig.

„Drittens", meldete sich, allen Mut zusammennehmend, ein junger Mann mit Namen Neslun zu Wort, „drittens gefällt uns dein Schloss nicht. Es ist so düster und furchterregend. Wir Bewohner des Grünen Landes bauen seit jeher hübsche, lustige Häuser, denn hier gibt es viel Sonne und Licht, jede Menge Bäume und Blumen! In unseren hellen und freundlichen Wäldern leben nicht mal böse Tiere. Deshalb bitten wir dich herzlich, entwirf einen anderen Palast."

Kaum vorstellbar, wie wütend Goodwin bei diesen Worten wurde! Er scheuchte die Arsalen auseinander und kehrte zornig in sein Haus zurück. Ein wenig zur Ruhe gekommen, begann er allerdings nachzudenken. Mit auf dem Rücken verschränkten Händen ging er im Raum auf und ab.

„So, so, mein Schloss gefällt ihnen nicht", knurrte er. „Das sind mir vielleicht Untertanen! Noch nichts getan für ihren Herrscher, aber schon herummeckern! Dabei kann ich ihnen doch unmöglich gestehen, dass ich mich nur aus Angst vor Gingema und Bastinda hinter dicken Mauern verschanzen will."

Von all dem Grübeln bekam Goodwin Kopfschmerzen. Er beschloss, ein wenig spazieren zu gehen, vielleicht kam ihm an der frischen Luft ein vernünftiger Gedanke.

Der Abend brach bereits herein. Goodwin ließ das Dorf hinter sich, überquerte eine Wiese und lief ein Stück den gelben Weg entlang. Gedankenversunken schlenderte er dahin und merkte erst auf, als er unvermutet vor jener alten Ulme stand, in deren Krone noch vor kurzem sein Ballon gehangen hatte. Die Arsalen hatten ihn inzwischen heruntergeholt und in einem Schuppen im Dorf verwahrt.

Könnte ich doch noch einmal auf jenen verhexten Berg gelangen, dachte Goodwin. Vielleicht würde mir der Regenbogenvogel einen vernünftigen Rat geben.

Bei dieser Erinnerung jedoch durchzuckte ihn eine grandiose Idee. Aber ja, das war es! Statt der düsteren Festung würde er die Smaragdenstadt errichten lassen! Haargenau so, wie er sie von der Kuppel des Berges aus gesehen hatte!

Goodwin konnte wunderbar zeichnen und malen. Als Ballonfahrer auf dem Jahrmarkt hatte er sich nicht selten die Zeit damit vertrieben, die schönsten Gebäude der Stadt aufs Papier zu bannen. Unter dem Sitz in seinem Korb lagen stets ein großer Zeichenblock und Buntstifte. Und da er über ein gutes Gedächtnis verfügte, würde es ihm nicht schwerfallen, die Smaragdenstadt so darzustellen, wie er sie in Erinnerung hatte.

Die Idee war so wunderbar, dass es Goodwin fast den Atem benahm. Vor Freude hüpfte er, mit den Armen fuchtelnd, wie ein kleiner Junge den gelben Weg entlang. Nur gut, dass keiner der Arsalen ihn in diesem Moment sah – sein kindisches Gebaren war eines Zauberers und Herrschers absolut unwürdig!

Abgelenkt, wie er war, stolperte Goodwin plötzlich und stieß sich beim Hinfallen schmerzhaft das Knie. Ärgerlich fluchend, versuchte er die Ursache des Missgeschicks herauszufinden.

„Das ist vielleicht ein Pfusch!", knurrte er. „Die Pflastersteine sind auf diesem Weg einmalig schlecht verlegt. Dieser dämliche Stein zum Beispiel ragt so weit heraus, dass man einfach über ihn stolpern muss."

Er packte den Stein mit den Händen und begann kräftig daran zu rütteln. Sowohl durch seine Glätte als auch von der Größe her erinnerte das gute Stück an einen gewöhnlichen Ziegel.

„Ein Ziegel?!", entfuhr es Goodwin. „Ja genau, der ganze Weg besteht aus gelben Backsteinen! Wieso bin ich nicht schon längst darauf gekommen! Aber diese Steine übertreffen die normalen Ziegel noch! Daraus werde ich die Smaragdenstadt bauen!"

Goodwin arbeitete die ganze Nacht hindurch. Mit Buntstiften stellte er auf einem großen Blatt Papier die Smaragdenstadt dar, und zwar haargenau so, wie er sie damals, vom Berg aus, gesehen hatte. Am nächsten Morgen trommelte er alle Dorfbewohner zusammen und präsentierte ihnen sein Werk.

Diesmal waren die Arsalen begeistert.

„Was für eine wunderbare Stadt!", rief der alte Wardal und drückte damit die Meinung aller aus. „Doch woraus sollen wir sie bauen? Wir haben, wie gesagt, kaum Steine im Land und welche aus dem Violetten Land herbeizuschaffen, geht nicht. Das wäre zu weit und die Hexe Bastinda würde es auch nicht erlauben."

„Wozu denn das Violette Land?", erwiderte Goodwin und lächelte selbstgefällig. „Das Baumaterial liegt buchstäblich zu unseren Füßen. Wir brauchen nur den Gelben Backsteinweg zu zerlegen! Ich habe aus der Luft gesehen, wie unendlich lang er ist. Das reicht für zehn solcher Städte."

Die Gesichter der Arsalen wurden lang. Sie schauten einander an und Wardal wagte einzuwenden:

„Aber das dürfen wir nicht. Unsere Legenden besagen, dass der Große Hurrikap, der Erbauer des gesamten Zauberlandes, den Gelben Backsteinweg höchstpersönlich angelegt hat! Unsere Ahnen sind stets pfleglich mit ihm umgegangen, haben ihn nach heftigen Regenfällen oder Erdbeben sorgsam repariert. Und auch wir selbst haben keinen einzigen dieser Steine mit nach Hause genommen, obwohl wir sie durchaus hätten gebrauchen können."

Goodwin lief vor Zorn und Verdruss dunkelrot an. Er begriff, dass seine Pläne nicht einfach zu verwirklichen waren. Die Autorität dieses Hurrikap schien im Zauberland unantastbar zu sein. Wenn das so weiterging, würden sich die Arsalen womöglich noch gegen ihn, ihren neuen Herrscher, auflehnen. Wo aber sollte er hin, wenn sie ihn verjagten?

Er überlegte kurz, lächelte dann und hob beschwichtigend die Hand.

„Genau wie ihr halte ich das Ansehen des Großen Hurrikap hoch in Ehren", begann er. „Doch woher wollt ihr wissen, zu welchem Zweck euer Zauberer den Gelben Backsteinweg erschaffen hat? Oder könnt ihr mir das sagen?"

Die Anwesenden schauten verblüfft zu ihrem Ältesten hinüber.

Wardal hob die Arme, sagte:

„Nein, das können wir nicht."

Goodwin war sofort wieder obenauf.

„Na also, da haben wir's!", rief er mit fester Stimme. „Ich aber bin kein gewöhnlicher Arsale wie ihr alle, ich bin ein Zauberer.

Und deshalb weiß ich, was Hurrikap mit dem Gelben Backsteinweg bezweckt hat."

„Und das wäre?", fragten die Versammelten.

„Hurrikap wollte nur eins – dass nämlich alle Bewohner des Zauberlandes in die Smaragdenstadt gelangen können", erklärte Goodwin freundlich. „Wohlgemerkt, ich habe nicht die Absicht, den gesamten Gelben Weg zum Bau zu verwenden. Wir beginnen vielmehr an seinem Ende, dort, wo sich die alte Ulme befindet. Die Stadt selbst wird auf einem großen Feld entstehen und wir nehmen uns nur, was wir unbedingt brauchen. Auch verlegen wir den Gelben Backsteinweg so, dass er, entsprechend Hurrikaps Wunsch, geradenwegs zur Smaragdenstadt führt. Leuchtet euch das ein?"

„Ja, ja!", riefen die Dorfbewohner erfreut. Einige von ihnen warfen erleichtert ihre grünen Hüte in die Luft und tanzten ausgelassen. Der alte Wardal aber neigte ehrfurchtsvoll sein Haupt und sagte:

„Du bist nicht nur ein großer Zauberer, Goodwin, sondern auch ein sehr weiser Mann. Keiner von uns wäre je auf diese grandiose Lösung gekommen. Denn genau genommen verebbte der Gelbe Backsteinweg bisher im Nirgendwo. Nun jedoch wird er schon bald in unsere neue Hauptstadt führen!"

Die Arsalen waren hell begeistert von Goodwins Vorschlag. Nur der junge Neslun hätte ihm um ein Haar einen Strich durch die Rechnung gemacht. Skeptisch dreinschauend, sagte er:

„Dennoch ist es schade, Hand an Hurrikaps Werk zu legen. Und überhaupt, weshalb sollen wir das tun? Du bist doch ein Zauberer, verehrter Goodwin. Mit deiner Kunst kannst du die Smaragdenstadt ohne Zuhilfenahme des Gelben Backsteinweges erschaffen!"

Auf dem Dorfplatz wurde es mucksmäuschenstill. Die Leute schauten zu ihrem neuen Herrscher, der vor Zorn schon wieder rot anlief. Er begriff, dass er in der Falle saß. Wenn die einfältigen

Arsalen erkannten, dass er gar nicht zaubern konnte, musste er seinen Traum vom Thron begraben.

Goodwin gab sich ein finsteres Aussehen und erklärte barsch:

„Natürlich könnte ich die Smaragdenstadt im Handumdrehen allein erschaffen. Für mich wäre das ein Kinderspiel. Nichts einfacher als das: Ich schnippe mit den Fingern, spreche meine Formeln – und fertig ist die Stadt! Trotzdem … ich denke nicht daran."

„Und warum nicht?", fragte der junge Neslun verwundert.

„Weil ich es nicht will, basta! Ihr Arsalen seid es doch, die einen mächtigen und weisen Herrscher brauchen. Ihr fürchtet euch schließlich vor den bösen Hexen und sucht Schutz. Hab ich recht?"

„Du hast recht, du hast recht!", ertönten die Rufe der Leute.

„Dann überlegt selbst: Gehört es sich in einem solchen Fall, dass die Untertanen ihren Herrscher alle Arbeit selbst verrichten lassen? Seid ihr solche Faulenzer und Taugenichtse, dass ihr kein Schloss für mich bauen wollt? Das würde mich doch noch dazu bringen, die Hexe Gingema zu verjagen. Das Volk der Käuer würde sich bestimmt nicht weigern, mir zu dienen."

Goodwin drehte sich um und tat, als wolle er fortgehen. Da fielen die Arsalen augenblicklich auf die Knie und streckten ihm flehend die Arme entgegen.

„Bitte bleib hier, Großer Goodwin!", sagte im Namen seiner Landsleute der alte Wardal. „Wir werden alles tun, was du befiehlst. Gleich morgen gehen wir ans Werk, beginnen mit dem Bau der Smaragdenstadt."

Auf Goodwins Gesicht spiegelte sich ein zufriedenes Lächeln. Es sind doch Einfaltspinsel und mehr als leicht hereinzulegen, dachte er. Obwohl es, bei Licht besehen, ja kein richtiger Betrug ist. Schließlich werde ich nicht allein in der Smaragdenstadt leben, das ganze Volk braucht eine schöne, würdige Hauptstadt!

Er wandte sich erneut den Spitzhüten zu, hob beschwichtigend den Arm.

„Ihr könnt euch wieder erheben", gestattete er gönnerhaft. „Also gut, ich habe es mir überlegt, ich bleibe bei euch im Grünen Land. Gleich morgen beginnen wir mit der Errichtung der Smaragdenstadt. Und noch etwas: Wer sich beim Bau hervortut, darf künftig in der neuen Hauptstadt wohnen! Ich versichere euch – es ist sehr angenehm, in einer großen Stadt zu leben, das weiß ich aus eigener Erfahrung …

Goodwin biss sich noch rechtzeitig auf die Zunge. Um ein Haar hätte er sich verplappert, hätte ausgeplaudert, dass er früher in Kansas-City, in Aberdeen und anderen Städten der Menschenwelt zu Hause gewesen war. Doch zum Glück hatte keiner der Arsalen seinen Versprecher bemerkt. Die Leute gingen, munter drauflos schwatzend, auseinander. Sie waren aufgeregt, keiner von ihnen hatte je an einer Stadt mitgebaut. Gewiss würde es eine schwere, doch sehr interessante Arbeit werden! Arbeit aber scheute niemand im Grünen Land, denn die Arsalen waren allesamt fleißige und gewissenhafte Leute.

Goodwin lud Wardal, Neslun und drei weitere junge Leute, die einen aufgeweckten Eindruck machten, zu sich nach Hause ein. Bis in den späten Abend hinein erklärte er ihnen, wie man große Häuser aus Stein errichtete, und seine neuen Helfer begriffen zum Glück recht schnell.

Am nächsten Tag schwärmten Vögel in alle Winkel des Grünen Landes aus, um den Bewohnern Hunderter Dörfer die erstaunlichen Neuigkeiten zu überbringen. Bald wusste auch der letzte Arsale, dass sich ein neuer Herrscher eingefunden hatte, der Große und Mächtige Zauberer Goodwin. Sie erfuhren ebenso, dass mitten im Grünen Land, dort, wo der Gelbe Backsteinweg endete, mit dem Bau der wunderschönen Smaragdenstadt begonnen werden sollte. Jeder, der sich daran beteiligen und später in dieser Stadt leben wolle, sei herzlich zur Mitarbeit eingeladen.

Tausende junger, kräftiger Arsalen folgten der Einladung und

strömten zur Baustelle. Jeder nahm mit, was er an Werkzeug auftreiben konnte – der eine seinen Spaten, ein anderer die Axt, ein dritter sein kleines Fuhrwerk. Und schon bald hatte sich ein ganzes Heer von Arbeitswilligen am Gelben Backsteinweg versammelt.

Wie Goodwin die Zauberinnen überlistete

Die neue Stadt wuchs nicht in Tagen, sondern in Stunden. Tausende Arsalen rackerten unermüdlich. Die einen waren damit beschäftigt, den gelben Weg aufzubrechen, andere transportierten die Backsteine in Fuhrwerken zur Baustelle, wieder andere rührten in großen Bottichen ein Gemisch aus Lehm und Kalk für die ersten Schlossmauern an. Aber niemand klagte über Müdigkeit, im Gegenteil, alle waren fröhlich, ja fast ausgelassen bei der Arbeit. Sie wurden von der Vorstellung beflügelt, dass in ihrem Grünen Land schon bald eine große Stadt aus Stein entstehen würde, wie man sie bei keinem ihrer Nachbarn fand!

In der ersten Zeit inspizierte Goodwin die Baustelle jeden Tag, später wies er seine wichtigsten Gehilfen – Wardal und Neslun – an, den Fortgang der Arbeiten zu beaufsichtigen. Es ist besser, die Leute bekommen mich nicht so oft zu Gesicht, entschied er, womöglich verfällt einer noch auf die Idee, mich um ein Zauberkunststück zu bitten. Dann säße ich ganz schön in der Klemme. Nein, ich will mich lieber seltener bei meinen Untertanen blicken lassen.

Allerdings war das nicht die ganze Wahrheit. Im Grunde hatte Goodwin nach wie vor große Angst, dass eines unglücklichen Tages die Zauberinnen der Nachbarländer zu Besuch kämen und ihn bloßstellen könnten.

Doch wie schon das Sprichwort sagt, musste auch Goodwin erfahren, dass „die Wahrheit immer an den Tag kommt". Die Vögel – heute hier, morgen dort – verbreiteten in Hurrikaps Reich sehr schnell die Kunde: Im Grünen Land hätte sich ein neuer, mächtiger Zauberer eingefunden und errichte dort eine große Stadt.

Die vier Herrscherinnen waren aufs Höchste erstaunt und beunruhigt. Sie wollten nur zu gern wissen, ob es sich bei diesem Goodwin um einen guten oder einen bösen Zauberer handelte und was sie von ihm zu erwarten hatten. Ohne sich miteinander abzusprechen, brachen sie eines Morgens ins Grüne Land auf.

Goodwin spazierte zu diesem Zeitpunkt mit seinen Helfern Wardal und Neslun um die alte Ulme herum. Er besprach mit ihnen den Fortgang der Arbeiten.

„Sobald mein Schloss fertig ist, zieht ihr eine hohe Mauer rund um die ganze Stadt", befahl er. „Danach sind die Häuser für die künftigen Bewohner dran und ganz zum Schluss will ich einen tiefen Graben entlang der Mauer, den ihr mit dem Wasser aus dem benachbarten Flüsschen füllt. Habt ihr verstanden?"

Die beiden nickten, nachdem sie einen verstohlenen Blick gewechselt hatten. Goodwin war das nicht entgangen und er erkundigte sich barsch: „Was gibt's?"

Wardal hüstelte, nahm all seinen Mut zusammen und sagte:

„Ich bitte um Vergebung, Großer Zauberer, doch da wären zwei Dinge. Erstens geht uns das Baumaterial aus, denn wir haben den Teil des gelben Weges, den du für den Bau freigegeben hast, bereits komplett verarbeitet. Womit sollen wir die Häuser für die Bewohner errichten, wenn wir den restlichen Weg nicht anrühren dürfen?"

„Die zweite Frage", schaltete sich Neslun ein, „bedrückt uns freilich weit mehr. Du, verehrter Goodwin, willst die künftige Stadt ja Smaragdenstadt nennen, du hast uns auch befohlen, die Schlossmauern mit grünem Marmor zu verkleiden. Nun haben wir von dir aber bisher noch keinen einzigen Smaragd erhalten und wir fragen uns, wo wir den Marmor hernehmen sollen."

Goodwin blieb abrupt stehen und bedachte seine Gehilfen mit einem zornigen Blick.

„Ja gibt es in eurem Land denn keine Smaragde und keinen grünen Marmor?", rief er ärgerlich aus.

„Leider nein." Wardal hob bedauernd die Arme.

„Dann solltet ihr euer Land nicht das Grüne nennen, das ist ja geradezu Betrug!", empörte sich Goodwin.

„Unser Land heißt wegen der vielen Wälder, Wiesen und Felder so, das weißt du doch, Großer Herrscher", wagte Neslun einzuwenden. „Grüne Steine dagegen gibt es so wenig wie andere. Deshalb sind ja all unsere Häuser aus Holz erbaut."

Goodwin lenkte ein.

„Stimmt, das war mir einen Augenblick lang entfallen! Na schön, dann muss ich mir eben etwas einfallen lassen." Und murrend fügte er hinzu: „Was seid ihr bloß für Untertanen! Könnt nichts, aber auch gar nichts ohne euren Gebieter entscheiden." Er wollte weiterschimpfen, verstummte aber jäh und wies mit der Hand nach Westen: „Was ist das für ein schwarzer Punkt am Himmel? Ein großer Vogel?"

„Das ist kein Vogel!" Neslun, der scharfe Augen hatte, erkannte mit Entsetzen, wer da geflogen kam. „Es ist die Hexe Gingema höchstpersönlich auf ihrem Mörser!"

Nun hielt auch Wardal Ausschau. Voller Panik griff er sich an den Kopf:

„O weh, die anderen drei Zauberinnen sind ebenfalls im Anflug!"

Goodwin rutschte sofort das Herz in die Hose. Allerdings hatte er sich schon längst überlegt, was in so einem Fall zu tun war.

„Ihr kehrt unverzüglich in die Stadt zurück!“, befahl er mit bebender Stimme. „Arbeitet weiter, als wäre nichts geschehen. Wenn die Herrscherinnen der benachbarten Länder sehen möchten, was für eine wunderschöne Stadt ich baue, sollen sie sich keinen Zwang antun. Freilich hätten sie sich anmelden können. Ich jedenfalls habe Wichtigeres zu schaffen, als mit hergelaufenen Weibern zu schwatzen.“ Er machte auf dem Absatz kehrt und schritt auf die Ulme zu.

Wardal schaute ihm verwundert hinterher.

„Wo gehst du so eilig hin, Großer Gebieter?“

„Ich muss dringend in meinen Himmelspalast“, sagte Goodwin kurz angebunden und ohne sich umzudrehen. „Aber ich komme wieder, versprochen. Bis dahin passt auf, dass es keinerlei Verzug bei den Arbeiten gibt, nicht eine Stunde!“

Den beiden blieb nichts anderes übrig, als in die Stadt zurückzukehren, Goodwin aber lief schleunigst zur Ulme. Nachdem er sich vergewissert hatte, dass seine Begleiter verschwunden waren, begann er auf dem rechten Bein um den Baum herumzuhüpfen. Gleich darauf war er wie vom Erdboden verschluckt!

Kurze Zeit später setzten auf dem freien Feld nahe der Baustelle die vier Zauberinnen auf. Gingema war tatsächlich auf ihrem Mörser erschienen, Willina und Stella hatten sich eines gelben und eines rosa Wölkchens bedient und Bastinda saß auf dem Rücken eines Fliegenden Affen.

„Zur Hölle mit euch!“, schrie sie beim Anblick der anderen Zauberinnen zornig. „Nirgends hat man Ruhe vor euch! Uorra, reiß dieses Pack in Stücke!“

Gingema lachte nur höhnisch und drohte Bastinda mit dem Mörserschlegel.

„Wehe, dein Scheusal kommt mir zu nahe – ich verwandle es

50
Wie Goodwin die Zauberinnen überlistete

im Nu in eine Fledermaus! Und du, meine Liebe, bekommst auch dein Fett weg!"

Die alte Willina hob beschwichtigend den Arm.

„Was soll der Streit", sagte sie vorwurfsvoll, „habt ihr vergessen, was wir einst vereinbarten? Wir sind überein gekommen, dass jede von uns in ihrem Land regieren und die anderen nicht behelligen wird."

„Und weshalb treibt's euch dann alle hierher ins Grüne Land?", knurrte Bastinda. Sie bedachte ihre Schwester Gingema mit einem vernichtenden Blick.

„Aus dem gleichen Grund wie dich selber", erwiderte Gingema mit schiefem Grinsen. „Über diesen Goodwin sind alle möglichen Gerüchte in Umlauf, doch wo er herkommt, weiß keiner."

Die liebliche Stella aus dem Rosa Land schüttelte den Kopf.

„Ich habe noch nie von einem Zauberer namens Goodwin gehört", wisperte sie mit melodischer Stimme. „Das ist sehr seltsam, denn schließlich kennen wir alle Zauberer weit und breit. Mein Herz sagt mir, dass er im Kern gut ist, doch ich fühle auch Unruhe. Deshalb möchte ich diesen Goodwin gern kennenlernen."

„Er jedenfalls scheint es nicht eilig zu haben, unsere Bekanntschaft zu machen", maulte Gingema. „Das finde ich ziemlich unverschämt. Allein das genügt mir, ihn in eine Spinne oder Kröte zu verwandeln!"

Willina lächelte nachsichtig.

„Du vergisst, Gingema, dass Goodwin ebenfalls ein mächtiger Zauberer ist. Zumindest bezeichnet er sich so ... Aber seht mal, da kommt jemand."

Es war der alte Wardal, der von der Baustelle her auf die vier zuging. Obwohl er furchtbare Angst hatte, verneigte er sich höflich vor den Gästen und sagte:

„Ich bin erfreut, euch zu sehen, verehrte Zauberinnen. Unser Herrscher, der Große Goodwin, lässt euch grüßen. Er wäre gar zu gern selbst erschienen, doch unaufschiebbare Angelegenheiten riefen ihn zurück in seinen Himmelspalast."

Bei diesen Worten lachte Gingema höhnisch auf.

„Unsinn", rief sie, „keiner von uns Zauberern wohnt im Himmel! Euer Goodwin ist schlichtweg ein Betrüger. Als er uns kommen sah, hat er das Weite gesucht, sich irgendwo versteckt. Als ob man sich vor uns, den echten Zauberinnen, verbergen könnte! Ich werde diesen Scharlatan unverzüglich herbeischaffen!"

Sie sprang auf ihren Mörser und verschwand in den Lüften. Kurze Zeit später kehrte sie zurück, betreten und wütend zugleich.

„Ich kann ihn nirgends finden, euren Goodwin", schimpfte sie. „Weder im Himmel, noch auf der Erde, noch in den unterirdischen Gefilden. Ich hätte ihn sofort gewittert! Sehr seltsam, wirklich." Und an Willina gewandt: „Schlag doch mal in deinem Zauberbuch nach, vielleicht verrät es uns, wo sich dieser Feigling verkrochen hat."

Willina blies auf ihre rechte Handfläche und sofort erschien dort ein winziges Büchlein. Es wurde schnell größer und nahm bald einen solchen Umfang an, dass die Zauberin es auf den Boden legen musste.

„Ich möchte wissen, wo Goodwin sich aufhält!", sagte sie laut und deutlich.

Die Buchseiten begannen sich von allein umzublättern und kurz darauf las Willina:

„Goodwin befindet sich weit von hier, aber auch ganz nah. Er kann euch sehen, ihr ihn aber nicht. Er kann euch treffen, wenn er möchte, ihr dagegen nicht."

Stella schüttelte ungläubig den Kopf.

„Wie es scheint, ist er in der Tat ein mächtiger Zauberer."

Bastinda fuchtelte in ohnmächtigem Zorn mit den Fäusten.

„Dreimal verflucht! Es war mein sehnlichster Wunsch, euch alle zu vernichten, besonders dich, geliebtes Schwesterlein. Seit zweihundert Jahren schon rüste ich heimlich zu diesem Kampf. Doch nun taucht, der Teufel weiß woher, dieser Goodwin bei uns auf und macht alles zunichte! Kann man vielleicht jemanden besiegen, der unsichtbar ist?"

Willina blies auf das Buch und es verschwand. Dann sagte sie:

„Ich finde, Goodwin ist genau zur rechten Zeit gekommen. Er hindert euch böse Hexen daran, einen Krieg im Zauberland zu entfesseln. Und das ist gut so, denn ein Krieg bringt den Bewohnern dieses wunderschönen Reiches viel Leid. Natürlich ist es bedauerlich, dass er sich nicht mit uns treffen will. Aber es ist sein Land und seine künftige Stadt. Wir haben hier nichts verloren."

Gingema spuckte wütend aus. Wie Bastinda, hatte auch sie davon geträumt, das ganze Zauberland zu erobern. Nun musste sie sich womöglich von diesen Plänen verabschieden. Das wurmte sie ohnegleichen.

„Ich werde diese Stadt vernichten!", schäumte sie. „Erst kürzlich habe ich gelernt, wie man einen furchtbaren Sturm entfacht: Sussaka, massaka, lema, rema, gema!"

Heftiger Wind kam auf, so gewaltig, dass es Wardal die Mütze vom Kopf wehte. Er war mächtig erschrocken, ließ sich aber nichts anmerken.

„Du willst unseren Gebieter erzürnen?", fragte er wagemutig. „Nur zu, aber wundere dich nicht, wenn am Ende nichts als ein nasser Fleck von dir übrig bleibt. Unser Herrscher ist fürchterlich in seinem Zorn. Wenn ihr nicht sofort abfliegt, wird er einen riesigen Stein vom Himmel herab auf die Erde werfen und euch vernichten!"

Gingema, nun doch ängstlich geworden, schaute zum Himmel auf und erblickte über sich einen kleinen dunklen Punkt. Sie glaubte, Goodwin sei im Anflug, dabei war es nur ein großes Blatt, das vom Wind durch die Luft gewirbelt wurde.

„Also gut", brummte sie, „komm zur Ruhe, Sturm! Ich hab's satt, fliege jetzt nach Hause. Keine Minute länger will ich in diesem ekelhaften Grünen Land bleiben." Und damit verschwand sie, laut schimpfend und mit dem Schlegel drohend, in den Lüften.

Uorra, das Oberhaupt der Fliegenden Affen, schaute fragend seine Herrin an.

„Wir sollten gleichfalls von hier verschwinden, bevor es zu spät ist, Herrin", sagte er. „Womöglich steht schon im nächsten Moment der Große Goodwin vor uns und vernichtet uns mit Blitz und Donner."

Bastinda bebte vor Zorn.

„Elender Feigling!", heulte sie auf. „Ich fürchte niemanden, schon gar keinen hergelaufenen Himmelszauberer, hörst du! Ich werd ihm eine Lektion erteilen, die er sein Lebtag nicht vergisst! ... Ach, was soll's, dann fliegen wir eben zurück. Mach schon den Buckel krumm, damit ich aufsteigen kann."

Sie nahm auf Uorras Rücken Platz und sauste nach Osten davon, in ihr Violettes Land.

Stella schaute der Hexe mit feinem Lächeln hinterher.

„Goodwin ist noch gar nicht lange in Hurrikaps Reich", sagte sie, „und hat doch schon ein großes Werk vollbracht: Er hat die zwei bösen Alten zu Tode erschreckt und damit den Frieden für unsere Völker gesichert."

Willina nickte.

„Manchmal heißt es nicht umsonst: ‚Was auch immer geschieht, es kann nur besser werden'. Schade bloß, dass es uns nicht gelungen ist, Goodwins Bekanntschaft zu machen." Und dann, an Wardal gewandt: „Richte deinem neuen Herrscher einen Gruß von Stella und mir aus. Vielleicht lädt er uns ja ein, wenn seine Stadt fertig ist."

Der Alte neigte höflich den Kopf.

„Ich werde es ausrichten, verehrte Willina."

Die beiden gütigen Zauberinnen bestiegen ihre Wölkchen und flogen in verschiedenen Richtungen davon: Stella nach Süden, Willina nach Norden.

Das Schloss des Goldenen Ritters

Goodwin erschien erst am Abend wieder in der Stadt. Er ließ sofort den alten Wardal kommen, der ihm ausführlich vom Besuch der vier Zauberinnen berichten musste.

„Sie haben also beschlossen, mich in Ruhe zu lassen?", fragte er und seufzte erleichtert. „Das ist ja wunderbar!" Doch er besann sich schnell. „Aber was rede ich denn da, es ist im Gegenteil sehr schade. Hätten die Hexen Gingema und Bastinda auch nur einen Stein meiner Stadt angerührt – ich hätte sie im Nu das Fürchten gelehrt, ratz-batz in Blutegel verwandelt und in den Sumpf verbannt!"

Wardal sah seinen Herrn erstaunt an, in seinem Innern begannen sich leise Zweifel zu regen. Doch er zog es vor zu schweigen. Mit einer tiefen Verbeugung erinnerte er Goodwin nur höflich:

„Weil du die Steine erwähnst, Großer Herrscher, unsere Ziegelvorräte sind fast aufgebraucht. Wie sollen wir weiterbauen und wann bekommen wir die Smaragde? Du möchtest ja, dass alle Türme der Stadt damit geschmückt werden."

„Nicht bloß die Türme", korrigierte Goodwin überheblich. „Meine Stadt soll von Smaragden nur so funkeln. Überall will ich welche haben, selbst auf den Straßen! Erst dann wird meine Stadt zu Recht diesen Namen tragen und auf der ganzen Welt berühmt werden."

Wardal verneigte sich ein zweites Mal und trat den Rückzug an. Er hatte wieder keine Antwort auf seine Fragen bekommen und war sehr beunruhigt.

Goodwin aber gähnte nur und legte sich schlafen. Am nächsten Morgen würde ihm schon etwas einfallen, davon war er überzeugt.

Genauso geschah es auch. Kaum war Goodwin aufgestanden, wurde ihm schlagartig klar, was zu tun sei. Er ließ nach Neslun schicken und befahl:

„Schnapp dir ein paar kräftige Burschen, sie sollen meinen Ballon aus dem Schuppen holen. Danach sollen sie ein großes Feuer anzünden."

Neslun eilte davon, um den Auftrag zu erfüllen. Goodwin aber frühstückte, packte einen Rucksack mit Lebensmitteln und ein paar Wasserflaschen. Dann verließ er das Haus.

Auf dem Dorfplatz hatte sich unterdessen eine Schar Neugieriger eingefunden, die gar zu gern wissen wollten, was ihr neuer Herrscher plante.

Goodwin wies Neslun und seine Helfer an, den Ballon vorsichtig in die Nähe des Feuers zu bringen. Als sich die Kugel mit der Öffnung nach unten mit heißer Luft füllte, kletterte er in den Korb, in dem bereits einige Sandsäcke verstaut waren. Sie dienten als Ballast, wie ihn ein Ballon nun mal braucht.

Einige Zeit später begann sich das Gefährt sacht in die Luft zu erheben. Goodwin nahm die Mütze ab und winkte seinen Untertanen, die mit staunenden Gesichtern zu ihm emporblickten, freundlich zu.

„Ich muss auf Reisen gehn", rief er ihnen zu. „Doch keine Bange, ich bin bald wieder zurück und dann setzen wir den Bau der Smaragdenstadt fort!"

Der Ballon gewann schnell an Höhe und wurde vom Wind nach Südwesten getragen. Genau wie es Goodwin vorsah. Er hatte sich nämlich vorgenommen, die Stelle ausfindig zu machen, wo der Gelbe Backsteinweg seinen Anfang nahm. Wahrscheinlich ist dort in der Nähe ein großer Steinbruch, sagte er sich, der uns mit dem nötigen Baumaterial versorgen kann. Wenn es auch ein bisschen weit ist, die Arsalen kriegen das schon hin.

Der Ballon flog den gelben Weg entlang. Goodwin schaute über den Korbrand und betrachtete interessiert die Landschaft. Angenommen, ich kann das Problem mit den Ziegeln lösen, dachte er, so bleiben noch immer die Smaragde. Wo kriege ich sie her? Ich bin wohl ein bisschen übers Ziel hinausgeschossen, als ich verlangte, selbst die Straßen der Stadt mit funkelnden Edelsteinen zu schmücken. Na, Schwamm drüber, mir ist noch immer etwas eingefallen!

Nun schwebte der Ballon über einem breiten Fluss dahin. Zu seinem Schrecken stellte Goodwin fest, dass es hier keine einzige Brücke gab. Das beunruhigte ihn außerordentlich, denn der Fluss war sehr breit und offenbar auch tief. Vom Brückenbau hatte Goodwin aber wirklich keine Ahnung. Wie sollten sie also das Baumaterial ans andere Ufer schaffen?

So sehr er sich auch den Kopf zerbrach, diesmal wollte ihm kein rettender Gedanke kommen. Schließlich gab er es auf. Er würde einfach später darüber nachdenken.

Der Ballon hatte das Grüne Reich hinter sich gelassen und flog nun übers Blaue Land. Tief unten erblickte Goodwin die kleinen Dörfer der Käuer, aber von Zeit zu Zeit auch einige größere Bauwerke, die an steinerne Festungen erinnerten. Sie weckten sofort sein Interesse. Wenn ich mit meiner Smaragdenstadt scheitere, könnte ich mich in einem dieser Schlösser ansiedeln, dachte er.

Neugierig geworden, unternahm er mehrmals den Versuch, die Höhe seines Ballons zu verringern, indem er etwas Luft abließ. Doch seltsam – sobald das Gefährt tiefer ging, verschwanden die jeweiligen Gebäude und statt ihrer erstreckten sich plötzlich Wälder, Felder oder auch ein Sumpf. Wahrscheinlich sind all diese Schlösser verzaubert, dachte Goodwin, genau wie der Berg an der alten Ulme. Und wieder hatte er einen seiner Geistesblitze: Moment mal, vielleicht kommt man ja dort auf die gleiche Weise hinein wie auf den Berg mit dem Regenbogenvogel – durch Hüpfen auf einem Bein?

In diesem Augenblick kam heftiger Wind auf und drückte den Ballon mit beängstigender Geschwindigkeit in die Tiefe. Goodwin war mächtig erschrocken, denn schon im nächsten Moment konnte er am Boden zerschellen. Hastig warf er Sack um Sack aus dem

Korb, doch das rettete auch nichts mehr. Er sauste direkt auf einen großen braunen Sumpf zu.

„Hilfe, ich ertrinke!", rief Goodwin voller Panik, doch da geschah ein Wunder. Der Sumpf war urplötzlich verschwunden, wurde zu einer großen Lichtung, in deren Mitte sich ein graues steinernes Schloss mit drei Türmen erhob. R-r-rumms! Der Ballon krachte gegen einen der Türme und blieb an seiner Spitze hängen.

Goodwin hatte sich rechtzeitig auf den Boden des Korbes geworfen und vermied es so, herausgeschleudert zu werden. Halbwegs wieder zu sich gekommen, erhob er sich und schaute vorsichtig hinunter. Was er sah, ließ sein Herz vor Schreck noch schneller schlagen.

Auf der Wiese stand, am Eingang des Schlosses, ein Ritter in goldener Rüstung und mit erhobenem Schwert.

Goodwin fasste sich ein Herz und rief:

„Hallo, verehrter Ritter! Hilf mir herunter! Ich bin rein zufällig auf deinem Schloss gelandet, ohne jede böse Absicht, ich schwöre es!"

Ein anhaltendes Knarren ertönte – der Ritter drehte langsam den Kopf, so als wollte er herausfinden, wer nach ihm rief.

„Ich bin hier, hier oben! Auf dem mittleren Turm!"

Der Mann hob schwerfällig seinen Kopf, der in einem Helm steckte und unvermittelt von den Schultern glitt. Polternd fiel er zu Boden.

Der Ritter ließ sich auf die Knie nieder und begann, wie ein Blinder den Boden ringsum abtastend, umherzukriechen. Dort, wo sich eigentlich sein Hals befinden musste, klaffte ein dunkles Loch.

Goodwin betrachtete ihn eine Weile fassungslos, dann brach er in Gelächter aus.

„Aber das ist ja nur eine lebende Rüstung!", rief er. „Pfui Teufel, hab ich mich erschrocken!"

Er beugte sich aus dem Korb und löste die Ballonstricke von

der Turmspitze. Die Kugel glitt sanft zur Erde, setzte neben dem Schloss auf.

Nun kletterte Goodwin selbst aus dem Korb und näherte sich dem Goldenen Ritter. Der hatte es inzwischen geschafft, den Helm wieder aufzusetzen. Beim Anblick des Gastes salutierte er forsch mit seinem Schwert.

„Kannst du auch sprechen?", erkundigte sich Goodwin neugierig. „Nein? Das ist schade. Das heißt, vielleicht ist es sogar besser so … Hör mal, Freund, du hast es bestimmt satt, endlos in dem verwunschenen Schloss hier auszuharren, hab ich recht?"

Der Goldene Ritter nickte vorsichtig, darauf bedacht, dass ihm der Helm nicht wieder von den Schultern fiel.

„Dann schlage ich dir vor, mit mir zu kommen." Bei sich aber dachte Goodwin: Es kann nur von Nutzen sein, einen so gefährlich wirkenden Gesellen im Gefolge zu haben. Damit werde ich die Arsalen endgültig überzeugen, dass ich ein großer Zauberer bin.

Der Ritter begann unvermittelt, mit dem Schwert auf seinen Brustpanzer zu schlagen. Das Getöse war so gewaltig, dass Goodwin fast taub davon wurde.

„Was machst du denn da, Hohlkopf?", rief er ärgerlich und jede Ehrerbietung ablegend. „Du verwechselst dich wohl mit einer Trommel."

Doch in diesem Augenblick sprangen die Türen des Schlosses auf und Goodwin bot sich ein seltsamer Anblick: Nacheinander kamen ein großer gestreifter Sessel mit geschwungenen Beinen, ein runder Tisch, eine Bank, ein Sofa und etwa zehn Stühle mit hohen Lehnen herausgelaufen. All diese putzmunteren Möbel umkreisten den Gast, tanzten um ihn herum, schienen ihn zu grüßen.

Goodwin verschlug es für einige Zeit die Sprache, dann lachte er laut auf und rief:

„Ihr seid vielleicht drollig! Noch nie im Leben hab ich tanzende Stühle gesehen!"

In seinem Hinterkopf aber regte sich sofort der Gedanke, dass ihm diese lebendigen Möbel in seinem neuen Palast sehr zupass kommen könnten. Bei Festlichkeiten würden Stühle, Tisch und Sessel als Prozession durch die Straßen der Smaragdenstadt ziehen und seine Untertanen in blankes Erstaunen versetzen: „Seht doch, was für ein mächtiger Zauberer unser verehrter Herrscher ist!“, würden sie sich gegenseitig zuraunen. Er rieb sich erfreut die Hände.

„He, ihr“, wandte er sich an die Möbelstücke, „hört auf, herumzuspringen! Ich, der Große Goodwin, bin bereit, euch in meiner Smaragdenstadt aufzunehmen. Ihr lauft jetzt zu dem Gelben Backsteinweg, biegt dann links ab und geht immer geradeaus, bis ihr im Grünen Land seid.“

Der gestreifte Sessel neigte zum Zeichen, dass er verstanden hatte, knarrend seine Lehne und watschelte eilig davon, verschwand hinter einem großen Jasminstrauch. Die übrigen Möbel folgten ihm. Als Letztes trollte sich behäbig das große schwere Sofa zu dem Strauch.

Alles klar, dachte Goodwin, dort scheint der Ausgang dieses verwunschenen Schlosses zu sein. Als er dann aber auch den Ritter davonstapfen sah, rief er:

„He, du Hohlkopf, wo willst du hin? Du bist doch kein Tisch oder Stuhl, du bist ein Krieger! Mit dir hab ich etwas anderes vor. Einen kräftigen Gesellen wie dich kann ich gut gebrauchen!"

Unvermittelt gerieten die Sträucher neben dem Schloss in Bewegung, gaben ein gehörntes Ungeheuer frei, das geräuschvoll und zielstrebig auf die Lichtung zustürmte. Auf den ersten Blick erinnerte das Tier an einen gewöhnlichen Ziegenbock, nur dass es ein riesiges Maul voller gewaltiger Zähne und kräftige Tatzen mit spitzen Krallen besaß.

Die Bestie stürzte sich unter zornigem Geheul auf Goodwin, der mit einem entsetzten Aufschrei zu seinem Ballon rannte. Das Vieh hetzte in großen Sätzen und zähnefletschend hinter ihm her.

„Was stehst du noch rum?", schrie Goodwin den Goldenen Ritter an, bestrebt, sich vor den Hauern der Bestie in Sicherheit zu bringen. „Schlag ihn tot, diesen ‚Ziegenbock', bevor er mich auf die Hörner nimmt!"

Der Hohlkopf, sein Schwert schwingend, stellte sich dem Ungeheuer in den Weg. Es richtete sich auf den Hinterbeinen zu seiner vollen Größe auf und gab ein drohendes Gebrüll von sich. Doch der tapfere Krieger zuckte mit keiner Wimper. Vielmehr ließ er sein Schwert so durch die Luft sausen, dass ein regelrechtes Sirren ertönte.

Und siehe da, plötzlich wurde die Bestie zahm. Mit leisem Gewimmer machte sie kehrt, trollte sich zurück ins Gebüsch.

Goodwin atmete erleichtert auf.

„Das hast du gut gemacht", lobte er seinen Retter. „Ich sehe, du kannst mir in der Tat von Nutzen sein. Einen Recken wie dich kann ich brauchen." Er fragte sich noch, ob es ratsam sei, das Schloss zu besichtigen, fand es aber im Moment besser, darauf zu verzichten.

„Doch jetzt lass uns wegfliegen", sagte er, wieder an den Ritter gewandt, „sonst überlegt es sich dieser Gehörnte noch und kommt zurück!"

Goodwin und der Goldene Ritter stiegen in den Korb. Sie warfen gleich fünf Sandsäcke auf einmal heraus und der Ballon, deutlich leichter, stieg langsam in die Höhe. Als sie die Wolken erreicht hatten, war das verwunschene Schloss unter ihnen verschwunden. An seine Stelle war erneut der große braune Sumpf getreten.

„Ein Wunder nach dem anderen", murmelte Goodwin. „Möchte wissen, wie viele solcher verwunschenen Flecken es im Zauberland gibt. Wahrscheinlich würde mein ganzes Leben nicht ausreichen, sie alle zu ergründen. Aber was soll's. Im Moment interessiert mich viel mehr, wo Hurrikap die Ziegel für seinen Gelben Backsteinweg hergenommen hat.

Ein freundlicher Wind erfasste den Ballon, trieb ihn in die gewünschte Richtung nach Südwesten, den Gelben Backsteinweg entlang.

Der steinerne Wald

Die Sonne hatte beinahe den Horizont erreicht, als Goodwin in einiger Entfernung einen seltsamen Wald erblickte. Er erstreckte sich bis zu den Weltumspannenden Bergen und bestand aus riesigen Bäumen unterschiedlichster Farben: violett, rot, hell- und dunkelblau, ja sogar weiß. In ihrer Mitte ragte ein Wipfel jedoch ganz besonders auf – er war majestätisch gewachsen und bernsteingelb. Nach normalen grünen Bäumen dagegen hielt man hier vergeblich Ausschau.

„Merkwürdig“, murmelte Goodwin, „noch nie sind mir derart gewaltige Bäume untergekommen, dazu mit so eigentümlich gefärbten Blättern. Ich möchte zu gern wissen, weshalb es hier kein bisschen Grün gibt. Ob der Wald vielleicht abgestorben ist?“

Kurze Zeit später wurde ihm klar, dass der Backsteinweg geradenwegs zu dem bunten Wald führte und dort verebbte.

„Nichts von einem Steinbruch zu entdecken“, seufzte James, „wie's aussieht, hab ich diese Reise umsonst unternommen. He, Krieger, was meinst du dazu?“

Der Goldene Ritter hob nur die Arme und wies auf seinen Helm, was wohl bedeutete: Wie soll ich antworten, wenn ich gar nicht sprechen kann?

„Da hab ich mir ja einen feinen Begleiter zugelegt“, knurrte Goodwin, „wie soll ich mich mit so einem beraten!“ Und nach kurzer Pause: „Hör zu, Hohlkopf, sobald wir eine günstige Lichtung entdecken, landen wir. Du wirst tüchtig Holz sammeln, dann warten wir, bis ein günstiger Wind aus Nordost aufkommt, der uns zurück in die Smaragdenstadt trägt. Wenn der Wind stark genug ist, entfachen wir ein kräftiges Feuer, füllen den Ballon mit heißer Luft und kehren heim ins Grüne Land. Hast du das verstanden?“

Der Goldene Ritter nickte, aber nur ganz sacht, damit ihm der Helm nicht wieder von den Schultern rutschte.

Wie schon früher, wurden sie auch diesmal von einer heftigen Böe erfasst und der Ballon raste in schwindelerregendem Tempo auf den Wald zu. Goodwin, wieder furchtbar erschrocken, wies den Ritter an, die Sandsäcke hinauszuwerfen. Doch vergebens – sie sanken immer schneller. Kurz darauf sausten sie schon über den Baumspitzen dahin.

„Leg dich hin!“, konnte Goodwin gerade noch ausrufen, bevor er sich seinerseits auf den Korbboden fallen ließ.

Und r-r-rumms, da war es auch schon passiert. Der Ballon

krachte in die Krone eines der Riesenbäume. Gleich darauf ertönte ein lang gedehntes Zischen und Pfeifen – die Ballonhülle war an verschiedenen Stellen gerissen und die Luft begann beängstigend schnell zu entweichen.

Goodwin fasste sich verzweifelt an den Kopf. Er begriff, dass seine Reise damit zu Ende war. Mühsam rappelte er sich auf und knurrte:

„Das war's dann wohl. Nun können wir zusehen, wie wir auf eigenen Beinen zurück ins Grüne Land kommen … Das heißt, wieso eigentlich auf den eigenen? Du, Ritter, bist ja stark genug, um mich huckepack zu nehmen!"

Sein Begleiter nickte bereitwillig.

„Das ist gut." Goodwins Stimmung hellte sich ein wenig auf. „Um meinen Ballon tut's mir trotzdem leid. Wie soll ich jemals nach Kansas zurückkehren, falls ich eines Tages genug vom Zauberland habe? Ein solches Transportmittel bekomme ich nie wieder …"

Er verstummte mitten im Satz. Erst jetzt wurde ihm bewusst, was für Bäume da ringsherum wuchsen. Sie waren ganz ohne Zweifel aus Stein! Ihre Blätter aber erinnerten an riesige Edelsteine: die dunkelblauen an Lasurit, die violetten an Amethyste, die hellblauen an Saphire, die gelben und orangefarbenen an Topase, die roten an Rubine. Am häufigsten gab es übrigens Bäume mit großen durchsichtigen Blättern.

„Meine Güte, das werden doch nicht etwa Diamanten sein?", platzte Goodwin heraus. „Nein, wohl kaum, Diamanten funkeln viel mehr. Es handelt sich wahrscheinlich nur um einfaches Kristall. Aber ich fress einen Besen, wenn die roten Blätter dort keine Rubine sind!"

Bei diesem Gedanken wurde es Goodwin ganz anders. Ein Leben lang hatte er davon geträumt, reich zu werden, und nun schien sein Traum tatsächlich in Erfüllung zu gehen!

„Bestimmt ist jedes dieser Rubinblättchen an die tausend Dollar wert", flüsterte er. „Wenn nicht gar zehntausend! Und das bei den unzähligen Rubinbäumen ringsum! Dazu kommen noch all die Saphire und Topase! Himmel, ich werd Millionär, einer, wie er im Buche steht!"

Erneut fiel sein Blick auf den Ballon, der schlaff in den Zweigen hing, und seine Laune verschlechterte sich schlagartig.

„Was nützen mir all diese Reichtümer, wenn ich niemals nach Kansas zurückkehren kann?", stöhnte Goodwin. „Hier im Zauberland gibt es keine Dollars, folglich auch keine Millionäre. Das ist zu ärgerlich!" Und sich gleich wieder tröstend: „Na ja, was soll's, dafür bin ich jetzt Herrscher eines ganzen Landes!"

Dieser Gedanke brachte ihn in die Wirklichkeit zurück. Er ließ seinen Blick nochmals über die steinernen Bäume schweifen.

„Warum nur gibt es hier keine grünen Bäume?", fragte er sich ein ums andere Mal. „Ich könnte die Smaragde so gut für den Bau der Smaragdenstadt gebrauchen! Also wirklich, wenn etwas schief gehen soll, dann gründlich."

Der Ritter wies auf den Wipfel, in dem sie hingen. Goodwin sah sich um und war für den nächsten Moment sprachlos: Sie befanden sich in der Krone jenes mächtigen bernsteingelben Baumes, den er schon aus der Luft gesehen hatte. Seine Blätter erinnerten stark an die Ziegel des Gelben Backsteinweges!

James beugte sich über den Korbrand und schaute in die Tiefe. Fast fielen ihm die Augen aus den Höhlen. Zu Füßen des Baumes lag ein riesiger Haufen gelber Ziegel!

Goodwin musste plötzlich laut lachen.

„Hier also hat der Zauberer Hurrikap die Steine für seinen Gelben Backsteinweg hergeholt!", rief er. „Sie wachsen ganz einfach auf diesem Baum! Wahrscheinlich fallen sie jeden Herbst wie welkes Laub von den Ästen. Er brauchte sie nur aufzulesen und in einen Karren zu packen … Aha, da ist er übrigens!"

Und tatsächlich stand neben dem Berg gelber Ziegel ein riesiger Karren auf vier steinernen Rädern.

„Das ist vielleicht ein Wagen!“, staunte Goodwin. „Den kann bloß ein Riese bewältigen! Möchte wissen, welcher Recke damit die Steine transportiert hat.“

Die Zweige des knorrigen Baumes, in dem Goodwins Ballon hing, gerieten jäh in Bewegung und eine knarrende Stimme sagte:

„Das war ich, die Graniteiche.“

Goodwin fuhr zusammen, wie vom Donner gerührt.

„Du warst es, der dem Zauberer Hurrikap geholfen hat, den Gelben Backsteinweg zu bauen?“, fragte er nach einer Weile mit zitternder Stimme.

„So ist es.“

Der junge Mann beruhigte sich etwas und begann nachzudenken. Kurz darauf erschien ein listiges Lächeln auf seinem Gesicht.

„Hör zu“, sagte er zu dem Baum, „ich finde es sehr nett, dass du Hurrikap seinerzeit geholfen hast. Aber das ist schon viele hundert Jahre her und du hast bestimmt Lust, eine neue Aufgabe zu erfüllen, stimmt's? Da nun ich, der Große Goodwin, ebenfalls ein berühmter Zauberer bin, erteile ich dir folgenden Auftrag: Du füllst den Karren dort bis obenhin mit Ziegelsteinen und schaffst ihn ins Grüne Land!“

Goodwin wartete gespannt, was die Graniteiche antworten würde. Sie hätte den Gehorsam ja durchaus verweigern können.

Doch der Baum neigte gehorsam sein Haupt.

„Ich will dir zu Diensten sein, Herr“, erwiderte er, mit den Ästen knarrend. „Die Jahrhunderte ohne Arbeit waren in der Tat sehr langweilig!“

Die Eiche streckte ihre unteren Zweige aus und begann, sie gleichsam als Hände benutzend, den riesigen Karren mit dem am Boden liegenden steinernen „Laub“ zu beladen. Goodwin packte unterdessen seinen Reiseproviant aus und begann genüsslich zu speisen. Der Goldene Ritter aber hielt mit gezogenem Schwert neben ihm Wache, gab deutlich zu verstehen, dass er seinen Herrn nach Kräften beschützen würde.

Er sollte auch schon bald Gelegenheit bekommen, seine Treue unter Beweis zu stellen. Am Himmel, der allmählich dunkler wurde, erschien plötzlich ein Schwarm seltsamer Vögel mit langen Schnäbeln und rot glühenden Augen. Laut schnarrend und krächzend stürzten sie sich auf Goodwin, der sich vor Schreck beinahe an seinem Apfelkuchen verschluckt hätte.

Doch der Goldene Ritter war sofort zur Stelle. Sein Schwert über dem Kopf schwingend, wehrte er die Attacke tapfer ab. Ein lautes Krachen und Knirschen ertönte – einer der Vögel zerbarst in tausend Stücke.

Goodwin war total verblüfft, er begriff erst jetzt, dass die Vögel aus Stein waren!

Der Ritter schlug sich mannhaft, vernichtete Vogel um Vogel. Doch die blieben ihm ebenfalls nichts schuldig, griffen erbittert immer wieder mit spitzen Schnäbeln an, hackten auf Helm und Schultern ein. Aber wenn seine Rüstung auch bald starke Beulen aufwies – der Metallkrieger ließ sich davon nicht beeindrucken.

Endlich war die Schlacht beendet. Alle Vögel, die den Attacken des Ritters widerstanden hatten, flogen mit lautem Gekrächze davon.

Goodwin rieb sich den Schweiß von der Stirn.

„Da haben wir ja noch mal Glück gehabt“, murmelte er. „Du hast dich wacker gehalten, Ritter, und mich nicht enttäuscht. Mit deiner Hilfe werde ich eines Tages sogar den Kampf gegen die Hexen Gingema und Bastinda aufnehmen können!“

Der Goldene Ritter nickte, wobei ihm wieder einmal der Helm von den Schultern fiel, und zwar unglücklicherweise genau auf Goodwins Fuß.

Goodwin heulte vor Schmerz auf.

„Pass doch auf, dummer Kerl“, schrie er, „du bist in der Tat ein Hohlkopf! Na, Schwamm drüber, ich werde künftig für uns beide nachdenken. Der Diener kann ruhig beschränkt sein, Hauptsache, der Herr ist klug.“

Inzwischen hatte die Graniteiche den Wagen bis obenhin vollgeladen. Nun umklammerte sie mit kräftigen Ästen die Deichsel, setzte sich in Bewegung und begann das Gefährt knirschend über die Lichtung zu ziehen.

Goodwin in seinem Korb, der mitsamt dem Ballon noch immer in den Wipfeln der Eiche hing, pflückte unterdessen mit vollen Händen Edelsteine von den Nachbarbäumen.

„Was für herrliche Rubine“, seufzte er, „und in welchen Mengen! Sie würden zehnmal für meine Stadt ausreichen! Ich hätte sie nicht Smaragden–, sondern Rubinstadt nennen sollen, aber das lässt sich leider nicht mehr ändern.“

Als sie aus dem steinernen Wald heraus waren, lenkte der Baum den Wagen auf den Gelben Backsteinweg und schlug die Richtung zum Grünen Land ein. Goodwin machte es sich auf seiner Bank im Korb bequem und dämmerte ein. Zum Schlafen aber kam er nicht, weil Wagen und Graniteiche einfach viel zu laut waren.

Dann brach die Nacht an und Goodwin befahl dem steinernen Koloss, stehen zu bleiben. Erst da fiel er in tiefen Schlaf. Der Goldene Ritter, das Schwert fest in den Händen, stand neben ihm, wachte über die Ruhe seines neuen Gebieters.

Am nächsten Morgen setzte sich der steinerne Gigant erneut in Marsch. Gegen Mittag gelangten sie an ein kleines Dorf. Die Käuer, die hier lebten, ließen ihre Feldarbeit liegen und kamen gerannt, um nachzuschauen, was den Gelben Backsteinweg entlangpolterte. Als sie den steinernen Baum erblickten, der kräftig ausschritt und einen riesigen Wagen vor sich her schob, erstarrten die Leute vor Schreck. Goodwin aber winkte ihnen leutselig zu, schwenkte seinen Hut und rief:

„He, ihr da, ich bin der Große Zauberer Goodwin! Eines Tages werde ich euch von der Hexe Gingema erlösen und Herrscher eures Blauen Landes werden!"

Doch der Karren verursachte ein solches Getöse, dass die Käuer kein einziges seiner Worte verstanden.

Natürlich hatte auch Gingema den seltsamen Lärm vernommen. Sie sprang auf ihren Mörser und erhob sich in die Lüfte.

„Wer wagt es, meine Ruhe zu stören?!", kreischte sie und schwang wild den Besenstiel. „Ich schlag den Kerl windelweich!"

Beim Anblick des steinernen Baumes jedoch war die Rauflust der Hexe wie weggeblasen. Sie beschrieb einen Kreis in der Luft und floh voller Panik zu ihrer Höhle zurück.

„Dieser Goodwin ist in der Tat ein mächtiger Zauberer", murmelte sie, vor Angst schlotternd, „mit dem leg ich mich lieber nicht an. Ein Glück, dass ich seine neue Stadt nicht angerührt habe!"

Nun war die steinerne Eiche am Ufer des Großen Flusses angelangt. Dort standen auf einer Wiese ziemlich ratlos die lebenden Möbel, die Goodwin ins Grüne Land vorausgeschickt hatte. Der gestreifte Sessel wackelte von Zeit zu Zeit zum Wasser, steckte, vorsichtig prüfend, einen seiner gebogenen Füße hinein und kehrte jedes Mal niedergeschlagen zu seinen Gefährten zurück. Wie konnte es auch anders sein – die hölzernen Möbel fürchteten das Nass und wussten nicht weiter.

Die Eiche blieb gleichfalls stehen, sie erwartete wohl einen Befehl ihres Herrn.

Goodwin kratzte sich nachdenklich den Kopf.

„Da sitze ich ganz schön in der Patsche", murmelte er. „Was soll ich jetzt bloß tun? Ein Jammer, dass es hier keine einzige Brücke gibt! Obwohl auch das nicht viel nützen würde – welche Brücke hält schon das Gewicht einer solchen Fuhre aus. Aber wie, zum Henker, kommen wir ans andere Ufer?"

Nach einigem Grübeln fand Goodwin doch noch einen Ausweg.

„He, Baum", rief er, „vielleicht ist der Fluss an dieser Stelle nicht gar so tief. Versuche, eine Furt zu finden! Vorher aber lass mich herunter."

Die Eiche nickte gehorsam mit den Wipfeln, streckte einen ihrer Äste aus und beförderte Goodwin behutsam zur Erde. Dann stapfte sie, die Wurzeln als Füße benutzend, ins Wasser und schaffte es tatsächlich, das andere Ufer zu erreichen.

Goodwin lebte merklich auf. Allerdings begriff er auch, dass selbst dieser mächtige Baum es nicht schaffen würde, die schwere Fuhre über den schlammigen Grund des Flusses zu ziehen. Womöglich würde sie umkippen und die wertvolle Fracht in den Fluten versinken! Dann konnte er die Ziegel für den Bau seiner Stadt ein für alle Mal abschreiben.

Goodwin strengte gehörig seinen Kopf an und fand schließlich auch für dieses Problem eine Lösung. Er befahl der Eiche, zunächst die Möbel und ihn selbst ans andere Ufer zu bringen. Als das geschafft war, sagte er:

„Jetzt kehre zurück, heb den Wagen auf und trag ihn über dem Kopf, das heißt über dem Wipfel, hier herüber."

Der Baum tat, wie ihm geheißen. Der Lärm, den er bei dieser Aktion verursachte, war so gewaltig, dass sämtliche Vögel der Umgebung herbeigeflogen kamen. Beim Anblick des steinernen Riesen, der, mit erhobenen Ästen eine riesige Fuhre über den Fluss bugsierend, durchs Wasser watete, begannen sie lauthals zu spektakeln:

„Seht her, was für ein Wunder! Dieser Goodwin ist doch wahrlich ein großer Magier! Lasst uns ausschwärmen und die Kunde im ganzen Zauberland verbreiten!"

Goodwin lächelte bei diesen Lobeshymnen zufrieden. Was bin ich doch für ein gescheiter Kopf, dachte er selbstgefällig. Jetzt werden es Gingema und Bastinda nicht mehr wagen, sich in der Smaragdenstadt blicken zu lassen. Die guten Feen Stella und Willina aber weise ich einfach ab. Wozu mit ihnen reden!

Am Abend des nächsten Tages näherte sich Goodwin der Smaragdenstadt. Die Arsalen hatten inzwischen die Kunde der Vögel vernommen – dass nämlich ein steinerner Riese auf dem Weg zu ihnen sei. Sie hatten ihre Arbeit stehen und liegen lassen, waren zum Gelben Backsteinweg geeilt, um ihren Herrscher gebührend zu empfangen. Sie sahen, dass Goodwin der Eiche etwas zuflüsterte, und gleich darauf wurden er und der Goldene Ritter sanft heruntergelassen.

„Ihr braucht Steine, um weiterbauen zu können?", rief er aufgeräumt. „Bitte, bedient euch! Und wenn sie nicht reichen, schicke ich meinen steinernen Diener los, eine neue Fuhre herbeizuschaffen. Falls es sein muss, auch zwei!"

Da trat der alte Wardal nach vorn und verneigte sich bis zur Erde vor Goodwin.

„Du bist der größte Zauberer auf der ganzen Welt", sagte er aufgewühlt. „Wir Arsalen schätzen uns überaus glücklich, einen so mächtigen Herrscher zu haben!"

„Hurra, hurra, hurra!", riefen die Versammelten und warfen vor Begeisterung ihre Hüte in die Luft.

Die unterirdischen Erzgräber

Von diesem Tag an ging der Bau der neuen Hauptstadt schneller voran. Die steinerne Eiche schaffte weitere Karren, bis obenhin vollgeladen mit gelben Backsteinen, ins Grüne Land und die Arsalen rackerten ohne Rast und Ruh. Die Stimmung war gut, zumal die schwierigste Aufgabe – die Errichtung des Schlosses – abgeschlossen war und die Leute nun an den eigenen Häusern bauen durften. Alle wünschten sich, dass die Gebäude in der Stadt hübsch und ungewöhnlich wären. Goodwin, der ja schon einige Städte der Menschenwelt gesehen hatte, schlug vor, nicht wie üblich ein-, sondern zwei- und dreistöckige Häuser zu bauen. Die Arsalen waren hell begeistert – nicht im Traum wäre ihnen eingefallen, solche Behausungen für ihresgleichen zu errichten!

Schließlich waren die meisten Gebäude fertiggestellt, das Schloss und Hunderte Wohnhäuser von einer hohen Steinmauer umgeben. Blieb nur noch, die Türme des Palastes mit großen Smaragden und die Außenwände der Häuser mit grünem Marmor zu verkleiden. Doch wo sollten sie beides hernehmen?

Goodwin zermarterte sich vergeblich den Kopf, das Problem schien unlösbar. In seiner Not wollte er die Schlosstürme sogar mit großen Kristallen aus dem steinernen Wald bestücken und dann mit grüner Farbe anstreichen, doch er ließ den Gedanken wieder fallen. Schon der erste Regen konnte die Farbe abwaschen und den Arsalen die Augen darüber öffnen, dass ihr Herrscher ein Schwindler war!

Eines Tages spazierte Goodwin, seinen düsteren Grübeleien nachhängend, durch die Dörfer der Umgebung. Plötzlich fiel sein Blick auf ein paar Kinder, die mit bunten Steinchen spielten. James schaute genauer hin und entdeckte zu seiner Überraschung unter diesen Steinchen auch einige Smaragde!

Er näherte sich den Knirpsen und begann sie auszufragen.

„Die alte Ulaga, eine Frau aus dem Dorf, hat uns die grünen Steine geschenkt", erklärten die Kinder.

James bat sie, ihm einen der Smaragde für kurze Zeit auszuleihen, dann eilte er zu der alten Frau.

Ulaga, in der Tat hochbetagt, war bestimmt die Älteste weit und breit. Als Goodwin auf sie zutrat, spülte sie gerade Wäsche in einem Bach. Höflich fragte James:

„Verrate mir doch bitte, verehrte Ulaga, wo du diese herrlichen Smaragde herhast."

Die Alte richtete sich ächzend auf. Sie betrachtete den neuen Herrscher nicht gerade freundlich und erwiderte unwirsch:

„Die Steine hat mir mein Bruder geschenkt. Er lebt im Blauen Land."

„Was denn", fragte James, innerlich hoch beglückt, „im Blauen Land werden Smaragde abgebaut?"

Die Frau schüttelte den Kopf.

„Ach was, dort gibt es so wenig Smaragde wie hier! Mein Bruder hat sie bei den unterirdischen Erzgräbern eingetauscht."

Goodwin runzelte erstaunt die Brauen.

„Was für Erzgräber?"

Die Alte sah ihn misstrauisch an.

„Ich denke, du bist ein Zauberer", murrte sie, „wieso kennst du dann die Erzgräber nicht? Das finde ich ziemlich merkwürdig … Aber sei's drum, ich will es dir erklären. Die Erzgräber leben in großen Höhlen, die sich tief unter der Erde befinden. Sie sind ein rüdes, kriegerisches Volk, ans ewige Dunkel in der Tiefe gewöhnt und das Tageslicht meidend, wo immer es geht. An der Erdoberfläche lassen sie sich höchst selten blicken, und wenn doch, benutzen sie dazu einen Tunnel im Berg, aber auch den nur nachts."

„Und wo befindet sich dieser Berg?", erkundigte sich Goodwin gespannt.

„Im Norden des Blauen Landes. Doch jetzt musst du mich schon entschuldigen. Herrscher oder nicht – ich habe keine Zeit, länger mit dir zu schwatzen. Die Wäsche ist noch nicht gespült."

„Halt, warte!", rief Goodwin ärgerlich. „Du hast mir noch etwas Wichtiges vorenthalten. Was wollten die unterirdischen Erzgräber von deinem Bruder für die Smaragde haben? Gold? Oder Silber?"

„Äpfel", erwiderte Ulaga kurz und wandte sich erneut ihrer Wäsche zu.

Diese Antwort verblüffte Goodwin über die Maßen. Doch dann, nach einigem Überlegen, begriff er. Wahrscheinlich war es in den unterirdischen Höhlen kalt und finster, was wiederum bedeutete, dass dort keinerlei Obst und Gemüse gedeihen konnte. Die Erzgräber aber waren ebenfalls Menschen, brauchten wie sie Vitamine, besonders für ihre Kinder. Im Blauen Land gab es davon im Überfluss, dafür konnten die Unterirdischen mit Smaragden und anderen Edelsteinen aufwarten. Ulagas Bruder nun hatte diesen Umstand genutzt und ein günstiges Geschäft mit den Erzgräbern gemacht. Warum sollte er, James, es ihm nicht gleichtun?

Schon am nächsten Tag rüstete Goodwin zum Aufbruch. Er befahl der Graniteiche, ihm mitsamt ihrem Karren in den Norden des

Blauen Landes zu folgen. Als einzigen Begleiter nahm er zu seinem Schutz den Goldenen Ritter mit.

Die Reise gestaltete sich lang und sehr schwierig. Goodwin verirrte sich ein ums andere Mal in den dichten Wäldern des ihm unbekannten Landes, bevor er endlich vor dem Berg der Erzgräber stand. Am Fuß des Berges lag verborgen der Eingang zu einem großen Tunnel.

James nahm ein paar Fackeln und machte sich zusammen mit dem Goldenen Ritter ins Höhleninnere auf. Ihm war ziemlich beklommen zumute, doch ein Zurück gab es nicht mehr.

Er blieb mehrere Tage in der unterirdischen Welt und als er mit seinem Beschützer wieder an die Erdoberfläche kam, waren sie von drei Männern begleitet. Es handelte sich um Erzgräber; sie waren von der Statur her größer als Käuer oder Arsalen, hatten eine fahle Hautfarbe und finstere Gesichter. Auch waren sie bewaffnet – mit Lanzen sowie mit Pfeil und Bogen, die sie über der Schulter trugen.

„So, jetzt zeig uns deinen lebenden Baum!", verlangte ihr Anführer, ein grauhaariger Mann mit einer Narbe über der Wange. „Unser König Irugan bezweifelt nämlich, dass du ein Zauberer bist. Wenn du uns betrogen hast, wirst du hart bestraft!"

Goodwin rang sich ein Lächeln ab. Der Ausflug in die unterirdische Welt war noch schwieriger und gefährlicher gewesen als vermutet. Hätte ihm nicht der Goldene Ritter zur Seite gestanden, wäre er kaum mit dem Leben davongekommen. Und das mehr als einmal! Da gab es steile Schluchten, aber auch tiefe Flüsse, in die er hätte stürzen können. Schlimmer als alles andere war jedoch die Begegnung mit den Erzgräbern selbst gewesen. James und der Ritter wurden von einer Patrouille gefangen genommen und unter Drohgebärden in eine große Höhle geführt. Dort mussten sie eine Weile in Ungewissheit ausharren, ehe sie schließlich König Irugan, dem unterirdischen Herrscher, gegenüberstanden.

Nachdem Goodwin sein Anliegen vorgetragen hatte, war Irugan

zwar nicht abgeneigt, einen Teil der Smaragde aus seiner Schatztruhe gegen Obst und Gemüse einzutauschen, blieb aber ansonsten sehr misstrauisch. Vor allem zweifelte er an Goodwins Behauptung, ein Zauberer und sogar Herrscher des Grünen Landes zu sein.

„Bringt diesen Mann zurück an die Erdoberfläche", befahl Irugan seinen Kriegern. „Wenn er beweisen kann, dass seine Aussagen der Wahrheit entsprechen, bin ich zum Tauschhandel bereit. Sollte er sich jedoch als Scharlatan erweisen, zögert nicht, ihn zu töten!"

Danach verließen sie die Höhlenwelt endlich wieder, ein Grund für Goodwin, erleichtert aufzuatmen. Dieser Gefahr war er zum Glück entronnen! Sofort fühlte er sich auch obenauf, betrachtete spöttisch die drei wackeren Krieger, die sich aus Angst vor dem grellen Sonnenlicht nicht aus dem schattigen Tunnel wagten.

„Ihr glaubt also nicht, dass ich ein großer Zauberer bin?", rief er herausfordernd. „Na schön, dann will ich es euch beweisen!" Und an die Graniteiche gewandt: „He, Baum, schnapp dir die drei und schüttle sie ordentlich durch!"

Die Eiche tat, wie ihr geheißen. Sie stapfte herbei und griff mit ihren Zweigen nach den drei Erzgräbern. Die waren vor Schreck wie gelähmt, brachten kein Wort mehr heraus. Der Baum aber hob sie blitzschnell in die Höhe und ließ sie eine Weile in der Luft zappeln.

„Na, was sagt ihr nun?", fragte Goodwin fröhlich. „Hat euch das von meinen Fähigkeiten überzeugt?"

„B-bitte verzeihe uns, verehrter Herrscher", stotterte ihr Anführer, „d-du bist in der Tat ein großer Zauberer!"

James vernahm diese Worte mit Genugtuung und wischte sich den Schweiß von der Stirn.

„Ihr könnt von Glück reden, dass ich ein gutes Herz habe und nicht nachtragend bin", erklärte er hochmütig. „Also gut, Eiche, lass die Männer herunter!" Und erneut an die drei Erzgräber gewandt: „Geht jetzt zu eurem König und erzählt ihm, auf welche Weise ich euch bestraft habe. Er soll alle seine Smaragde für den Tausch bereitstellen! Treffpunkt ist morgen Nacht, hier am Berg!"

Die Erzgräber verneigten sich bis zur Erde und verschwanden eilig in der Höhle.

In der folgenden Nacht erwartete Goodwin die Delegation der Erzgräber vor dem Tunneleingang. Die Zeit bis dahin hatte er gut genutzt. Zusammen mit dem steinernen Baum war er durch die umliegenden Dörfer der Käuer gezogen. Beim Anblick der lebenden Eiche wollten die Bewohner zunächst erschrocken Reißaus nehmen, doch James beruhigte sie, versprach ihnen, eines nicht allzu fernen Tages die böse Hexe Gingema aus ihrem Land zu jagen. Die Käuer vernahmen die Botschaft mit Freude und plünderten zum Dank eifrig ihre Gärten. Sie füllten Obst und Gemüse in große Körbe, trugen sie eigenhändig zu dem steinernen Karren.

Spät in der Nacht erschien dann die Abordnung der Erzgräber, angeführt von König Irugan persönlich. Sie zogen mehrere Handkarren hinter sich her, die bis obenhin mit Smaragden gefüllt waren. Da gab es kleine Edelsteine, aber auch sehr große, so dass Goodwins Herz vor Freude zu hüpfen begann. Gut gelaunt übergab er ihnen im Gegenzug die Obst- und Gemüsekörbe der Käuer. Händereibend sagte er:

„Ich danke dir, König Irugan. Wann machen wir das nächste Geschäft?"

„Übermorgen könnten wir eine Fuhre grünen Marmors herbeischaffen", erwiderte der Herrscher der Erzgräber.

„Wunderbar." James war hoch erfreut. „Marmor brauche ich für die Verkleidung der Häuserwände. Noch dringender benötige ich freilich die Smaragde, so viel, wie du auftreiben kannst! Wann könntest du liefern?"

Irugan schüttelte unvermutet den Kopf.

„Ich fürchte, das wird eine Weile dauern. Wir Erzgräber schätzen diese grünen Steine nicht sonderlich. Sie sind selten zu finden und schwer abzubauen. Für die Menge, die wir gerade übergeben haben, benötigen wir mindestens ein Jahr."

„Ein ganzes Jahr!", rief James enttäuscht aus. „Das ist viel zu lange!"

Der König hob gleichgültig die Schultern.

„Behauptest du nicht, ein großer Zauberer zu sein? Dann dürfte es dir doch nicht schwerfallen, Smaragde in Hülle und Fülle selber zu erschaffen! Oder kannst du bloß steinerne Bäume zum Leben erwecken?"

Irugan unterstrich seine Worte durch ein höhnisches Lachen und trat den Rückweg an. Die anderen Erzgräber folgten ihm, beladen mit Obst und Gemüse, in den Tunnel.

Goodwin schaute ihnen wütend und zugleich betreten hinterher. Die Sache lief ganz und gar nicht so, wie er es sich vorgestellt hatte. Wenn die Arsalen merkten, dass er keine Smaragde mehr beschaffen konnte, würden sie ihm vielleicht doch noch auf die Schliche kommen und seine Zauberkünste anzweifeln. Was sollte er bloß dagegen unternehmen?

Der Torwächter Faramant

Eine Woche später kehrte Goodwin in das Grüne Land zurück. Wie erstaunt waren die Arsalen beim Anblick des riesigen Fuhrwerks, das bis obenhin mit Marmor und großenhübsch geschliffenen Smaragden beladen war!

Die Bauleute entluden das Gefährt und gingen sogleich daran,

die Türme des Schlosses mit den dekorativsten der grünen Steine zu schmücken. Als die Smaragde dann in der Sonne zu funkeln und gleißen begannen, begrüßten alle das lang ersehnte Ereignis mit lautem Jubel.

Einzig Goodwin vermochte die Freude der anderen nicht zu teilen, begriff er doch, dass er nie und nimmer genügend Smaragde und grünen Marmor für alle Gebäude der Stadt zusammenbekommen würde. Die Quelle der Erzgräber war fürs Erste versiegt und wo sollte er eine neue auftun?

Die Tage gingen ins Land und Goodwin grübelte ohne Pause. Sein Scharfsinn und die übliche Findigkeit ließen ihn diesmal im Stich.

Eines schönen Nachmittags brach Goodwin zu einem Spaziergang auf. Er schlenderte gemächlich an Feldern und blühenden Wiesen vorüber, gelangte schließlich zu einer kleinen Waldlichtung. Dort blieb er stehen, ließ seinen Blick bis hinüber zur Smaragdenstadt schweifen. Der obere Teil der Schlosstürme war bereits mit grünem Marmor verkleidet und so wirkte die Stadt oberhalb der sie umgebenden Mauer in der Tat smaragden. Doch Goodwin verspürte keine Freude bei diesem Anblick. Er wusste nur zu gut: Sobald man das Tor passierte, wurden die unteren Teile der Gebäude und die Straßen sichtbar. Die aber waren alles andere als grün. Sie schimmerten in gewöhnlichem Gelb!

„M-muuh, m-muuh!", ertönte es plötzlich hinter ihm. Goodwin drehte sich um und sah sich einer Kuh gegenüber, die gemächlich Gras mampfte. Da kam ihm jäh die Erleuchtung.

„Aber ja", rief er erfreut aus, „das ist es!"

Ihm war nämlich eingefallen, dass er einst in der Zeitung „Bahnbrecher von Dakota" einen Artikel geschrieben hatte. Wegen der großen Dürre im Land hatten die Farmer seinerzeit nicht mehr gewusst, womit sie ihr Vieh füttern sollten. Er aber, Goodwin, hatte ihnen zum Spaß vorgeschlagen, den Kühen grüne Brillen

aufzusetzen, dann würden sie selbst Sägespäne für saftiges grünes Gras halten! Weshalb also, sagte sich James, soll ich diesen Scherz hier nicht wiederholen? Wenn alle Einwohner der Smaragdenstadt tagsüber grüne Brillen tragen, werden sie den gelben Straßenbelag ganz einfach für grün halten.

Wenn das keine gute Idee ist! Es reicht völlig aus, die Gebäude und Straßen mit gewöhnlichem Kristall aus dem Steinernen Wald zu versehen, wie es ihn dort im Überfluss gibt. Mit einer grünen Brille auf der Nase sieht jeglicher Kristall wie Smaragd aus! Jawohl, so werde ich es machen!

Gedacht – getan. Am nächsten Morgen brach Goodwin mit der Graniteiche ins Violette Land auf. Was er dort wollte? Grüne Brillen beschaffen! Die Bewohner des Violetten Landes, die Zwinkerer, galten seit jeher als geschickte Handwerker. Und sie waren sofort bereit, auf Goodwins Bitte hin Tausende grüner Brillen herzustellen. Mit winzigen Schlössern versehen, konnten die Augengläser nicht ohne Spezialschlüssel abgesetzt werden. Für ihre Hilfe versprach Goodwin den Zwinkerern, die böse Hexe Bastinda zu verjagen.

Zu dieser Zeit hatten die Erbauer der Smaragdenstadt schon nichts mehr zu tun. Sie warteten darauf, dass ihr neuer Herrscher mit einer Menge grünem Marmor und Smaragden zurückkehren würde, doch wie groß war ihr Erstaunen, als lediglich Kisten voller grüner Brillen zum Vorschein kamen.

Goodwin kletterte auf eine der Kisten und wandte sich mit einer Rede an die Arsalen:

„Meine lieben Untertanen“, begann er, „der Bau unserer schönen Smaragdenstadt neigt sich nun dem Ende zu. Ihr alle habt tatkräftig mit angepackt und so werdet ihr schon bald zu den ersten Einwohnern unserer neuen Hauptstadt gehören. Darauf ein dreifaches Hurra!“

„Hurra! Hurra! Hurra!“, riefen die Bauleute und begannen

freudig ihre grünen Hüte in die Luft zu werfen. „Hoch lebe der Große Goodwin!"

James hob geschmeichelt die Hand, so als wollte er die Beifallsrufe abschwächen, und fuhr fort:

„Ich kann euch versprechen, dass ihr euch in unserer neuen Stadt sehr wohlfühlen werdet. Allerdings gibt es einen wichtigen Umstand, den ich bisher zu erwähnen vergaß." Goodwins Miene wurde ernst. „Es dürfte leider nicht ganz ungefährlich werden, in der Smaragdenstadt zu leben."

Die Anwesenden tauschten erstaunte Blicke. Ein junger Arsale namens Faramant fragte erschrocken:

„Ja willst du uns denn nicht vor den bösen Hexen beschützen, großer Herrscher?"

Goodwin lachte.

„Natürlich will ich euch beschützen! Niemand wird es wagen, jemals unsere Stadt zu überfallen, dafür verbürge ich mich! Nein, die Gefahr für euch liegt ganz woanders. Schaut doch mal zu den Schlosstürmen hoch!"

Die Leute taten es. Goodwin aber, listig wie er war, hatte einen Moment genutzt, da die Sonne nach längerer Pause plötzlich hinter den Wolken hervortrat. Die Smaragde auf den Turmspitzen begannen so grell zu funkeln, dass die meisten die Augen zukneifen mussten.

„Die Gefahr liegt im hellen Funkeln der Smaragde!", rief Goodwin. „Diese Steine sind zwar sehr schön, doch leider auch gefährlich für unsere Augen. Wenn ihr die nicht schützt, werdet ihr schon bald erblinden. Nur wenn ihr tagsüber die grünen Brillen tragt, die ich hier mitgebracht habe, wird euch nichts passieren."

Die Anwesenden seufzten erleichtert. Nur Faramant schüttelte den Kopf und wagte einzuwenden:

„Großer Herrscher, wir Arsalen sind ein unbekümmertes Volk. Ich fürchte, die meisten von uns werden die Brillen schon bald nicht

mehr aufsetzen, sondern einfach vergessen. Von den Kindern ganz zu schweigen. Sie toben herum und verlieren die Brillen bei der erstbesten Gelegenheit!"

James lächelte nachsichtig. Er holte eine der Brillen hervor und hielt sie in die Höhe.

„Keine Sorge, ich habe alles bedacht", erwiderte er. „Seht ihr dieses kleine Schloss an den Brillenbügeln? Wenn ihr nachher zur Arbeit in die Stadt geht, nimmt euch am Tor ein Wächter in Empfang. Er wird jedem so eine Brille aufsetzen und das Schloss mit einem Spezialschlüssel sichern. Solange ihr euch in der Stadt aufhaltet, tragt ihr diese Brille also Tag und Nacht."

„Aber warum denn nachts?", ließ sich Faramant etwas halsstarrig vernehmen.

„Du hast eben selbst davon gesprochen, dass ihr Arsalen ein unbekümmertes Volk seid", entgegnete Goodwin. „Wenn ihr die

Brille zur Nacht absetzt, vergisst der eine und andere garantiert, sie am Morgen wieder aufzusetzen. Es ist also nur zu eurem Nutzen. Gewiss, es ist nicht gerade bequem, rund um die Uhr ein solches Gestell auf der Nase zu haben, doch eure Augen werden es euch danken. Ich bin überzeugt, dass ihr euch recht schnell daran gewöhnt."

Unruhe machte sich breit. Niemand hatte große Lust, ständig die Brillen zu tragen, doch was blieb den Leuten anderes übrig?

„Und wer soll die Aufgabe des Torwächters übernehmen?", fragte der alte Wardal.

Goodwins Blick fiel auf den jungen Mann, der ihn gerade mit seinen Fragen gelöchert hatte.

„Ich könnte mir sehr gut Faramant dafür vorstellen", erklärte Goodwin. „Wir werden ihm ein kleines Zimmer am Tor einrichten und er wird dafür sorgen, dass alle Bewohner der Stadt die grünen Brillen tragen." Dann, an den jungen Mann gewandt: „Möchtest du diese Aufgabe übernehmen?"

Faramant wurde rot und begann vor Verlegenheit zu zwinkern. Doch der Vorschlag gefiel ihm, er fühlte sich geehrt und erwiderte:

„Ja, das möchte ich."

„Nun, dann walte deines Amtes." Goodwin reichte ihm mit herablassendem Lächeln den kleinen Schlüssel.

Faramant erwies sich als überaus energischer Mann, der sofort und mit Eifer an die Arbeit ging. Als Erstes wies er die Bauleute an, die Kisten mit den Brillen abzuladen und zur Mauer zu bringen. Dann mussten die Arbeiter einzeln durchs Tor treten. Faramant setzte jedem von ihnen eine Brille auf und sicherte sie mit dem kleinen Schlüssel, so dass niemand sie absetzen konnte.

Goodwin war überaus zufrieden. In Faramant hatte er einen weiteren zuverlässigen Gehilfen gefunden. Vor allem aber konnte er die Smaragdenstadt zu Ende bauen, ohne sich um neue Smaragde kümmern zu müssen!

Noch am gleichen Tag machte sich James erneut in den Steinernen Wald auf. Spät in der Nacht kehrte er zusammen mit der Graniteiche zurück, die eine Fuhre, voll beladen mit Kristall, vor sich herschob. Die Bauleute, denen befohlen worden war, auf ihre Ankunft zu warten, begannen mit dem Entladen. Und schon am nächsten Morgen wurden die ersten Kristalle in den Straßenbelag eingelassen. Da die Männer allesamt grüne Brillen trugen, kam es niemandem von ihnen in den Sinn, dass sie keine Smaragde verarbeiteten.

Wieder ein paar Tage später war das große Werk vollbracht – der Bau der neuen Hauptstadt abgeschlossen! Aus diesem Anlass veranstalteten die Arsalen ein grandioses Fest. Der Himmel war erhellt von buntem Feuerwerk, auf den Straßen standen lange, festlich gedeckte Tische, von überallher ertönte fröhliche Musik. Die Menschen ringsum sangen und tanzten ausgelassen auf den Plätzen der Stadt.

Auch im Schloss wurde groß gefeiert. Dazu hatte Goodwin seine treuesten Helfer eingeladen: Wardal, Neslun, Faramant sowie einige Dutzend Leute, die sich bei der Errichtung der Smaragdenstadt besonders hervorgetan hatten.

Goodwin, in ein neues, grünes Gewand gekleidet, betrat den Saal. Er bestieg feierlich den Thron, der mit echten Smaragden geschmückt war, und wandte sich mit folgender Rede an seine Gäste:

„Liebe Freunde! Die neue Hauptstadt unseres Grünen Landes ist nun endlich erbaut! Natürlich wäre es ein Leichtes für mich gewesen, sie mittels meiner Zauberkünste im Handumdrehen erstehen zu lassen, doch ich musste mir erst darüber klar werden, ob ich mich darauf einlassen soll, euer Herrscher zu werden. Nun, ich konnte mich davon überzeugen, dass ihr Arsalen ein fleißiges und geschicktes Volk seid. Ich habe euch alle die ganze Zeit über sehr genau beobachtet und bin überaus zufrieden mit euch. Deshalb erkläre ich hier und heute: Jawohl, ich bin bereit, für immer bei euch im Grünen Land zu bleiben!"

Die Anwesenden bedachten seine Worte mit Beifall und lauten Rufen der Zustimmung.

Goodwin lächelte selbstgefällig und fuhr fort:

„Von jetzt an gehört ihr zu meinem Hofstaat. Ihr werdet euch hübsche Gewänder schneidern lassen und abends mit euren Frauen im Schloss zum Dienst erscheinen. Wir werden rauschende Bälle veranstalten. Für das einfache Volk aber soll es immer sonntags Straßenfeste geben. Wir alle haben uns in der vergangenen Zeit redlich gemüht, nun wollen wir feiern und uns des Lebens freuen!"

Wieder brandete Beifall auf; die neu ernannten Höflinge hörten solche Worte nur zu gern.

Dann begann der erste Ball in der Smaragdenstadt. Den Reigen eröffneten – die lebenden Möbel! Sofa und Tisch, Sessel und Stühle drehten sich ausgelassen im Kreis zur Musik des Orchesters, das im Thronsaal zünftig aufspielte. Die Höflinge aber klatschten rhythmisch in die Hände und raunten sich gegenseitig zu:

„Ach, was ist unser teurer Goodwin doch für ein großartiger Zauberer! Bestimmt ist er zehnmal mächtiger als Stella und Willina!"

„Nicht zehn-, hundertmal!", widersprachen andere. „Wenn nicht gar tausendmal!"

James saß unterdessen auf seinem Thron und baumelte vergnügt mit den Füßen. Den Schmeichelworten seiner Untertanen hörte er mit großem Gefallen zu. Wer weiß, dachte er bei sich, vielleicht bin ich ja in der Tat ein großer Zauberer. Ist ein gewöhnlicher Mensch etwa imstande, eine so wundervolle Stadt erstehen zu lassen? Nein, ganz und gar nicht!

Das Fest war auf seinem Höhepunkt angelangt, als Goodwin sich verstohlen in seine Gemächer zurückzog. Er öffnete ein goldenes

G

Kästchen mit Zigarren, die ihm die Arsalen auf sein Geheiß hin aus heimischen Tabakblättern gefertigt hatten. Nachdem er sich eine der Zigarren angesteckt hatte, ging er, graue Rauchkringel zur Decke blasend, zu einem großen Spiegel.

„Da bin ich jetzt also reich und mächtig!", rief er und betrachtete sich wohlgefällig im Spiegel. „Mister Turner, der Theaterdirektor aus Kansas, würde sicher vor Wut schnauben, könnte er mich hier in meinem Schloss sehen! Er würde vor Neid platzen, ha-ha!"

Der Kampf mit Bastinda

Seither war ein Jahr vergangen, die Kunde von Goodwin und seiner erstaunlichen Smaragdenstadt aber hatte sich im ganzen Reich Hurrikaps verbreitet. Tagtäglich strömten Gäste von nah und fern in die neue Kapitale des Grünen Landes. Sie alle wurden vom Torwächter Faramant empfangen, der ihnen grüne Brillen aufsetzte.

„In unserer wunderschönen Stadt gibt es Tausende Smaragde", erklärte er den Besuchern. „Nicht nur die Schlosstürme werden von ihnen geziert, sondern auch die Dächer der Wohnhäuser, ja selbst die Straßenbeläge. In der Sonne gleißen sie so stark, dass ihr ohne diese Schutzbrillen unweigerlich erblinden würdet."

„Aber weshalb müssen wir sie nachts tragen?", fragten die Gäste verwundert. „Erstens scheint da keine Sonne und zweitens ist es unbequem, mit Brille zu schlafen."

„Das ist ein Befehl des Großen Goodwin!", erwiderte Faramant gewichtig und klickte das kleine Schloß am Brillenbügel zu.

Mit der Zeit gewöhnten sich die Städter und selbst ihre Kinder an die grünen Brillen. Und keinem der vertrauensseligen Arsalen wäre in den Sinn gekommen, dass ihr Herrscher sie schlicht und einfach betrog!

Womit aber hatte Goodwin sich dieses Jahr vertrieben? In der ersten Zeit vergnügte er sich bei Bällen und üppigen Gelagen. Abend für Abend wurden im Thronsaal des Schlosses Dutzende von Festtafeln gedeckt. Die besten Köche des Landes bereiteten für ihn und seine Höflinge die schmackhaftesten Gerichte zu. In seiner Jugend hatte James nicht selten Hunger leiden müssen, ja, es gab sogar Tage, an denen er nicht mal das Nötigste zwischen die Zähne bekam. Nun holte er das Versäumte in vollen Zügen nach. Vom ständigen Schmausen war er schon ziemlich rund geworden.

Das Schönste für Goodwin bestand jedoch darin, seine vielen Schätze zu betrachten, sich an ihnen zu ergötzen. Zweimal bereits war er mit der Graniteiche im Steinernen Wald gewesen, hatte von dort eine Unmenge an Rubinen, Topasen, Saphiren und anderen Edelsteinen mitgebracht. All diese Kleinode hatte James in großen Truhen verstaut. Jeden Abend schloss er die kleine Kammer auf, die an sein Schlafgemach grenzte, und ging von Truhe zu Truhe, erfreute sich an dem Funkeln der edlen Steine.

„Nun bin ich in der Tat ein reicher Mann!", sagte er und lächelte zufrieden.

Doch die Monate gingen ins Land und Goodwin fand es bald langweilig, seine Schätze immer aufs neue zu betrachten. Da es im Zauberland kein Geld gab, konnten die Edelsteine auch nicht damit aufgewogen werden, stellten also, wie er sich eingestand, keinen echten Reichtum dar. All die Rubine, Topase und Saphire taugten einzig zum Herstellen von Schmuck für die Frauen. Jedes Mal, wenn James seine nächsten Vertrauten, Wardal und Neslun, in die Schatzkammer führte, zeigten sie beim Anblick der vollen Truhen nur ein höfliches Lächeln. Bei sich aber schienen sie zu denken: Wozu nur braucht unser Herr all diese bunten Glitzersteine?

Deshalb suchte Goodwin eifrig nach einem neuen Zeitvertreib. Schließlich verfiel er auf die Idee, ein Versprechen einzulösen, das er einst den freundlichen Zwinkerern im Tausch gegen die grünen Brillen gegeben hatte: Er beschloss, der Hexe Bastinda den Kampf anzusagen und sie aus dem Violetten Land zu vertreiben.

Auf seinem Thron sitzend, versuchte er das Wagnis einzuschätzen.

„Mir zur Seite steht die mächtige Graniteiche, die es mit jedem Feind aufnehmen kann", murmelte er, „außerdem verfüge ich über einen Goldenen Ritter ohne Furcht und Tadel. Mit solchen Kriegern bin ich bestens gerüstet, kann es mit jedem Zauberer aufnehmen! Wenn ich Bastinda erst besiegt habe, bin ich nicht nur Herrscher des Grünen, sondern auch noch des Violetten Landes. Das hört sich doch schon viel besser an!"

Davon abgesehen, schien ihm Bastinda die schwächste der vier Zauberinnen zu sein. Gewiss, die Hexe konnte ihre allseits gefürchteten Fliegenden Affen in die Schlacht werfen, aber für die Graniteiche durften auch die keine ernsthafte Gefahr darstellen.

Am nächsten Tag schwärmten Herolde in alle Winkel des Grünen Landes aus. Sie kamen selbst in die entlegensten Dörfer und verlasen den Befehl des Großen Goodwin:

„Meine lieben Arsalen!", hieß es darin. „Ein ganzes Jahr lang regiere ich nun euer Grünes Land und meine Höflinge haben mich wissen lassen, dass ihr alle sehr zufrieden mit eurem neuen Herrscher seid. Sie versicherten mir, dass ich mächtig, gerecht und weise sei. Mehr noch – sie sehen in mir den Bedeutendsten unter den Zauberern!

Natürlich mache ich mir auch Gedanken über unsere Nachbarn. Die bedauernswerten Zwinkerer werden, genau wie die armen Käuer, von den Hexen Bastinda und Gingema grausam unterdrückt. Ich erachte es daher für meine Pflicht, sie zu vertreiben und die beiden Völker von ihrer Knechtschaft zu befreien! Beginnen werden wir mit Bastinda!

Aus diesem Grund verkünde ich hiermit die Bildung unserer neuen Armee. Alle jungen und kräftigen Arsalen können ihr beitreten, um diesen wichtigen Auftrag zu erfüllen. Bewaffnet euch mit Schwertern und Speeren, mit Pfeil und Bogen oder auch einfach mit Schaufeln! Wer sich im Kampf besonders auszeichnet, wird von mir ein Haus in der Smaragdenstadt erhalten, die größten Helden aber ernenne ich zu Höflingen!"

Schon bald strömten Tausende Freiwilliger in die Kapitale. Sie alle hatten viel Gutes über die Schönheit und die Vorzüge der neuen Hauptstadt vernommen, deshalb träumten sie davon, dort zu leben. Vor dem Kampf fürchtete sich niemand. Kriege hatte es im Reich Hurrikaps schon seit vielen hundert Jahren nicht mehr gegeben und die jungen Arsalen glaubten, Krieg sei so etwas wie ein lustiges Spiel.

Goodwin indessen war höchst zufrieden, weil er innerhalb kürzester Frist eine große Armee auf die Beine gestellt hatte. Allerdings wurde sehr bald klar, dass die Arsalen weder Schwerter noch

Speere, ja nicht einmal Pfeil und Bogen besaßen. Die jungen Männer hatten einfach zur Hand genommen, was auf den bäuerlichen Höfen zu finden war: Sensen, Sicheln, Peitschen und Hämmer.

„Nun ja", murmelte James, als er seine Armee inspizierte, „die Bewaffnung ist zwar nicht gerade modern, aber es wird schon irgendwie gehen. Bastinda wird auf jeden Fall erschrecken und beim Anblick meiner vielen Leute Fersengeld geben!"

Ein einziger Soldat, ein junger Mann namens Din Gior, war mit einem richtigen Säbel und einer Lanze ausgestattet. Sogar einen Helm trug er auf dem Kopf. Als Goodwin vor ihm stand, salutierte er forsch.

„Wo hast du die Waffen her?“, erkundigte sich James.

„Von meinem Vater“, erwiderte Din Gior. „Vor einiger Zeit ist er zufällig in ein verzaubertes Schloss geraten, das in der Nähe unseres Dorfes steht. Dort fand er diese Sachen. Seither habe ich jeden Tag mit dem Säbel und der Lanze geübt. Inzwischen beherrsche ich beides recht gut.“ Er stellte sich vor die Soldaten und exerzierte dabei so geschickt mit dem Säbel, dass alle spontan klatschten.

„Du bist in der Tat ein echter Krieger!“, rief Goodwin anerkennend aus. „Wenn du dich im Kampf gegen Bastinda wacker schlägst, werde ich dich zum Befehlshaber der Stadtwache ernennen.“

Dann wandte er sich erneut an die Versammelten.

„Ich wiederhole es noch einmal. Unsere Nachbarn, die freundlichen Zwinkerer, ächzen unter dem Joch der bösen Hexe Bastinda! Sie warten sehnsüchtig darauf, dass wir sie befreien. In diesem Sinne – auf in den Kampf!“

„Hurra! Hurra!“, riefen die Arsalen entschlossen und schwenkten ihre Heugabeln, Sensen und Sicheln.

Goodwins neue Armee formierte sich recht und schlecht zu drei Kolonnen und setzte sich nach Nordosten, zum Violetten Land hin, in Bewegung. Allen voran marschierten stolz der Goldene Ritter und Din Gior.

Goodwin winkte die Graniteiche zu sich heran, die friedlich am Tor der Smaragdenstadt stand, und sagte:

„Lass einen Ast herunter, ich möchte wie üblich im Korb meines Ballons reisen!“

Doch der steinerne Baum schüttelte unerwartet den Wipfel.

James war verblüfft – noch nie hatte die Eiche sich einem seiner Befehle widersetzt.

„Willst du etwa nicht in den Kampf ziehen?“, fragte er.

„Nein“, knarrte der lebende Baum. „Meine Aufgabe ist es, Steine zu transportieren. Verzeih, Goodwin, aber ich möchte lieber in den Steinernen Wald zurückkehren.“

Die Eiche löste vorsichtig den Ballon aus ihren Zweigen und legte ihn auf dem Boden ab. Dann schritt sie auf dem Gelben Backsteinweg davon zum Blauen Land. Natürlich war Goodwin verärgert, doch seine Verstimmung hielt sich in Grenzen. Ach was, sprach er sich Mut zu, ich werde auch ohne diesen steinernen Koloss mit Bastinda fertig. Es gibt genug andere Helfer!

Er schickte Neslun ins Schloss, die lebenden Möbel zu holen, und kurze Zeit später kehrte der Arsale auch in ihrer Begleitung zurück. Gewiss, Tisch und Sofa, Sessel, Bank und Stühle waren nicht gerade das, was man unter tüchtigen Soldaten verstand, doch sie taugten allemal dazu, die Hexe zu beeindrucken. Außerdem konnte er, wenn ihm schon sein Ballon ausfiel, Sofa und Sessel wunderbar für den langen Marsch nutzen.

James machte es sich in dem gestreiften Sessel bequem und befahl den Möbeln:

„Vorwärts, marsch! Folgt meinem Heer!"

Bastinda nahm gerade das Mittagessen in ihrem Violetten Schloss ein. Als die Nachricht der Vögel bei ihr eintraf, Goodwins Armee rücke gegen sie vor, ließ sie vor Schreck den Teller mit Rübensuppe fallen und rannte zum Fenster. Mit ihrem einzigen Auge nahm sie die Grenzen ihres Landes ins Visier. Ein schriller Schrei entrang sich ihrer Brust, als sie tatsächlich ein riesiges Heer im Anmarsch auf den Großen Fluss gewahrte.

„Dieser verdammte Goodwin", stöhnte sie verzweifelt, „er scheint wahrhaftig ein Zauberer zu sein! Das Grüne Land reicht ihm nicht, nun will er auch noch die Herrschaft über meine Zwinkerer übernehmen. Aber daraus wird nichts, ich trete sie nicht an ihn ab!"

Bastinda setzte ihre Goldene Kappe auf und murmelte mit angstbebender Stimme eine Beschwörungsformel:

„Bambara, tschufara, loriki, joriki, pikapu, trikapu, skoriki, moriki! Kommt herbei, ihr Fliegenden Affen!"

Gleich darauf erschien ein Schwarm dieser geflügelten Tiere am Himmel. Bastinda rief ihren Anführer, den Affen Uorra, zu sich und befahl mit kreischender Stimme: „Fliegt zum Großen Fluss und zerschlagt das Heer dieses unverschämten Goodwin! Ihn selbst aber nehmt gefangen. Bringt ihn zu mir ins Schloss, ich lasse den dreisten Kerl in einem eisernen Käfig schmoren!"

Uorra begann vor Entsetzen zu schlottern.

„Dieser Goodwin ist ein mächtiger Zauberer!", rief er. „Wir fürchten uns vor ihm!"

„Ihr werdet es nicht wagen, mir, der Besitzerin der Goldenen Kappe, den Gehorsam zu verweigern!" Die Hexe fuchtelte drohend mit den Fäusten.

„Also gut, wir führen deinen Befehl aus." Uorra lenkte ein. „Aber bedenke, Bastinda, dass dir nur noch ein einziger Wunsch bleibt. Wenn wir ihn erfüllt haben, musst du die Goldene Kappe an uns zurückgeben. Dann sind wir wieder frei."

Die Fliegenden Affen zogen einen Kreis über dem Violetten Schloss und flogen Goodwins Armee entgegen.

Unterdessen lag der Herrscher des Grünen Landes auf dem wacker ausschreitenden Sofa. Er hatte es sich bequem gemacht und rauchte genüsslich eine Zigarre. Als er in der Ferne eine dunkle Wolke gewahrte, murmelte er:

„Hoffentlich gibt es keinen Regen, denn das würde mir gerade noch fehlen! Hier unter freiem Himmel weiche ich bis auf die Knochen durch und hole mir womöglich einen Schnupfen. He, ihr Soldaten, beeilt euch ein bisschen, legt einen Schritt zu! Ich möchte das Violette Schloss noch vor dem Regen einnehmen! Oder wollt ihr, dass sich euer Gebieter, der Große Goodwin, eine Erkältung einhandelt!"

Die Armee des Grünen Landes beschleunigte das Tempo. Kurze Zeit später lag eine Flussbiegung vor ihnen und in einiger Entfernung sah man bereits die Türme des Violetten Schlosses aufragen.

Die Krieger blieben unentschlossen am Ufer stehen. Nur der Goldene Ritter schritt wagemutig in die Fluten. Din Gior konnte ihn gerade noch am Arm packen.

„He, wo willst du hin, dummer Eisenkerl?“, rief er. „Du gehst doch glatt unter, Hohlkopf!“ Und an die Soldaten gewandt:

„Aufgepasst, Männer! Wer von euch Äxte und Sägen besitzt, geht in den Wald. Wir wollen Bäume fällen und Flöße bauen. Anders kommen wir nicht über den Fluss, denn …“

Din Gior kam nicht dazu, weiterzusprechen. Die dunkle Wolke über ihnen hatte sich plötzlich in Fliegende Affen verwandelt, die sich mit wildem Gekreische auf Goodwins Mannen stürzten.

Der Angriff löste ein schreckliches Durcheinander aus – schließlich waren die Arsalen alles andere als wackere Krieger! Beim Anblick der furchteinflößenden Affenschnauzen ließen sie kurzerhand ihre Sensen, Sicheln und Hämmer fallen und warfen sich voller Panik auf die Erde.

Der Goldene Ritter dagegen kämpfte wild entschlossen mit seinem Schwert, verletzte sogar einige der Affen. Doch Uorra, aufs höchste erzürnt, flog von hinten an ihn heran, packte ihn am Rumpf und hob ihn in die Luft. Einige Sekunden später klatschte der metallene Kämpfer in die Fluten, wo er natürlich sofort unterging. In seinem Gefolge landeten kurz nacheinander auch die lebenden Möbel im Fluss – Stühle, Tisch, Sofa und Sessel. Einzig eine kleine Bank konnte, flink wie sie war, den Pranken der Fliegenden Affen entkommen.

Am Ende setzte nur noch Din Gior den Angreifern Widerstand entgegen. Er schwang sein Schwert so verwegen, dass die Affen es einfach nicht schafften, an ihn heranzukommen. Goodwin aber, der es mit der Angst zu tun bekam, sprang auf die kleine Bank und suchte das Weite. Bloß fort vom Schlachtfeld!

Uorra bemerkte sehr wohl, dass Goodwin rittlings auf der Bank in Richtung Wald davonpreschte, doch er wagte es nicht, sich mit dem Herrscher des Grünen Landes anzulegen. Ein bisschen zweifelte er auch am eigenen Erfolg. Wer weiß, dachte er, ob der Große Zauberer sich nicht bloß verstellt. Womöglich ist er gar nicht feige, will mich und mein Gefolge mit diesem Manöver nur in eine Falle locken. Nein, es dürfte besser sein, von hier zu verschwinden.

Bastinda, die das Kampfgeschehen von ihrem Schloss aus verfolgte, freute sich mächtig, als sie das Heer des Gegners in panischer Angst auseinanderlaufen sah. Doch als sie bemerkte, dass die Fliegenden Affen auch Goodwin entkommen ließen, ihn nicht, wie befohlen, gefangen nahmen, packte sie wilder Zorn. Sie stürzte sich, kaum dass Uorra vor ihr stand, laut keifend auf ihn und machte ihm heftige Vorhaltungen. Der Anführer aber erwiderte:

„Wir haben trotz unseres Sieges große Angst vor Goodwin. Wenn du unbedingt darauf bestehst, nimm ihn selber gefangen. Aber bedenke eins – die Vögel erzählen, dass dieser Zauberer einen gefährlichen Krieger in seiner Armee hat, eine Graniteiche. Aus irgendeinem Grund war der Baum nicht mit am Fluss, es könnte aber sein, dass er im Wald Position bezogen hat, gewissermaßen um einen Hinterhalt zu legen. In diesem Fall hättest du nichts zu lachen!"

Die Affen flogen davon. Bastinda schaute ihnen hinterher, fluchend und in ohnmächtiger Wut. Doch dann überdachte sie noch einmal Uorras Worte und ihr Zorn begann zu verrauchen. Wenn der Affe nun recht hatte und Goodwin wirklich nur geflohen war, um ihr eine hinterhältige Falle zu stellen? Nein, es war in der Tat besser, die Sache auf sich beruhen zu lassen …

Zwei Tage später kehrten Goodwin, Din Gior und die übrigen Krieger spät abends in die Smaragdenstadt zurück. Die Soldaten boten allesamt einen ziemlich kläglichen Anblick. Ein Glück nur, dass niemand im Kampf mit den Fliegenden Affen sein Leben gelassen hatte!

James selbst schloss sich eine Woche lang in seinem Palast ein. Er war so erschrocken und niedergeschmettert, dass ihm alle Lust auf Bälle und feierliche Empfänge verging. „Schluss, aus", sagte er entschieden, „ich werde nie wieder Krieg gegen die Nachbarn führen! Mir reicht die Herrschaft über das Grüne Land vollauf. Dieser verdammten Bastinda aber werde ich es irgendwann heimzahlen!"

Am nächsten Tag schickte er erneut seine Herolde aus. Sie sollten landesweit verkünden, dass der Feldzug gegen die Hexe Bastinda ein voller Erfolg gewesen sei.

Die Arsalen zuckten verständnislos die Schultern – sie wussten nicht, wem sie glauben sollten. Die Leute aus ihrem Dorf hatten nach ihrer Rückkehr vom Feldzug ja etwas ganz anderes erzählt als Goodwins Boten. Am Ende entschieden sie sich aber doch für Goodwin. Schließlich war er der Herrscher, konnte von seinem Palast aus die Lage besser beurteilen. Vielleicht irrten die Soldaten ja und Bastinda war am Ende tatsächlich besiegt worden.

Goodwin der Schreckliche

Die Niederlage im Kampf gegen Bastinda machte Goodwin schwer zu schaffen. Er hatte keine Freude mehr an den Festen und Gelagen von einst und verzichtete bald völlig auf die Bälle in seinem Schloss. Zwar erschienen die Höflinge auch jetzt allabendlich, um ihre Dienste anzubieten, doch ihren Herrscher bekamen sie nicht mehr zu Gesicht.

Alle fragten sich, was Goodwin wohl die ganze Zeit über treiben mochte. Dass er jede freie Minute in seiner kleinen Werkstatt zubrachte, die er sich in einem Raum gleich hinter dem Thronsaal eingerichtet hatte, ahnte niemand. James war ja seit jeher handwerklich sehr geschickt gewesen und so bastelte er jetzt mit Hingabe an einer Sache, die ihn voll und ganz ausfüllte.

Als sich Goodwin nach einem Monat noch immer nicht bei seinem Hofstaat blicken ließ, wurde der alte Wardal unruhig. Eines Morgens klopfte er an die Tür des Thronsaals und erkundigte sich vorsichtig:

„Wie geht es dir, Großer Herrscher? Du bist hoffentlich nicht krank? Bitte öffne mir, wir alle sind in großer Sorge."

„Komm herein!", ertönte plötzlich eine seltsame, fremde Stimme aus der Tiefe des Saales.

Der Alte öffnete die Tür, trat ein – und fiel vor Schreck beinahe in Ohnmacht.

Auf dem Thron residierte ein Ungeheuer, das Wardal nicht hätte näher beschreiben können. Es erinnerte an einen riesigen Fisch mit gewaltigen Zähnen. Seine runden roten Augen kreisten wild und die Kiefer klackten bedrohlich, als es mit scheppernder Stimme erklärte: „Weshalb erschrickst du so, mein treuer Wardal? Ich bin es doch, Goodwin!"

Der alte Mann fuhr sich mit der Zunge über die plötzlich ausgedörrten Lippen und murmelte schüchtern:

„Aber … du siehst heute so ungewöhnlich aus, mein Gebieter!"

Der Fisch ließ seine Augen aufs neue so heftig rotieren, dass es Wardal angst und bange wurde.

„Woher willst du wissen, wie ich wirklich aussehe?", dröhnte er. „Vergiss nicht, dass ich ein mächtiger Zauberer bin! Wenn ich will, kann ich tausenderlei unterschiedliche Gestalt annehmen. Ich vermag ein Mensch zu sein, ein Tier, aber auch ein Fisch, wovon du dich gerade überzeugen kannst."

Wardal verneigte sich bis zur Erde, sagte demütig:

„Aber gewiss doch, mein Herrscher. Du hast natürlich das Recht, jede beliebige Gestalt anzunehmen. Doch diese Zähne … sie sind so groß und furchteinflößend! Meine Landsleute könnten erschrecken, wenn sie dich so zu Gesicht bekommen."

„Und wenn gerade das meine Absicht ist?", erwiderte der Fisch unter lautem Hohngelächter. „Ich bin es leid, dass ihr immer nur den Guten und Fröhlichen in mir seht. Von jetzt an ziehe ich es vor, schrecklich und grausam zu sein. Deshalb befehle ich, dass man mich künftig nur noch den Großen und Schrecklichen Goodwin nennt, hast du verstanden!"

„Jawohl, Herr." Wardal verneigte sich erneut bis zur Erde. „Darf ich jetzt gehen, Großer und Schrecklicher Goodwin?"

„Du darfst", erlaubte der Fisch gnädig. Seltsam war nur, dass sich seine Kiefer, während er sprach, kein bisschen bewegten.

Als der Alte gegangen war, öffnete sich hinter dem Thron knarrend eine kleine Tür. Goodwin betrat den Saal und tätschelte mit zufriedenem Grinsen die Flanken des scheußlichen Fisches.

„Eine fabelhafte Arbeit, James!", lobte er sich selbst. „War wirklich eine großartige Idee, der glubschäugigen Marionette mittels Fäden Leben einzuflößen! Ich will mir noch mehr solcher Puppen basteln, eine furchterregender als die andere. Die einfältigen Arsalen sollen glauben, dass ich mich tatsächlich in die unterschiedlichsten Ungeheuer verwandle. Und ich müsste mich schwer irren, wenn nicht auch die vier Zauberinnen auf diesen Trick hereinfallen! Wenn sich das Ganze erst herumspricht, wird es bestimmt keine von ihnen wagen, mich und mein Grünes Land zu überfallen!"

Goodwin sollte recht behalten. Die Nachricht, der Herrscher der Smaragdenstadt habe damit begonnen, die unterschiedlichsten Gestalten bis hin zum schrecklichen Ungeheuer anzunehmen, verbreitete sich wie ein Lauffeuer in Hurrikaps Reich.

Auch Bastinda erfuhr davon. Zu dieser Zeit dachte sie gerade daran, über die Smaragdenstadt herzufallen. Nach der Nachricht jedoch, dass Goodwin jetzt nicht mehr nur als der Große, sondern auch als der Schreckliche in Erscheinung trat, überlegte sie es sich anders.

Ein paar Tage später kam unerwartet die gute Fee Stella in die Smaragdenstadt. In der Hand hielt sie einen kleinen ovalen Spiegel.

Stella bat um eine Audienz bei Goodwin und wurde ins Schloss eingelassen. Als sie den Thronsaal betrat, entfuhr ihr ein leiser Schrei des Erstaunens, denn auf dem Thron gewahrte sie ein blaues Ungetüm mit langen Fangarmen, das Ähnlichkeit mit einem Kraken besaß.

Das Ungetüm öffnete mit einem leichten Knarren das einzige schwarze Auge und fragte mit Grabesstimme:

„Weshalb bist du gekommen, Zauberin?"

Stella wollte einen Schritt nach vorn treten, doch das Ungetüm begann plötzlich wild mit seinen Fangarmen zu gestikulieren:

„Bleib, wo du bist!", rief es. „Niemand, auch du nicht, darf es wagen, mir näherzukommen, sonst ergeht es ihm schlecht. Ich werde dich packen und zermalmen! Siehst du denn nicht, wie fürchterlich ich heute bin?"

„Ich sehe es", erwiderte Stella traurig. „Die Fee Willina und ich sind betrübt, dass du fortan nicht mehr nur der Große, sondern auch der Schreckliche sein willst. Dabei haben wir im Kampf gegen Bastinda und Gingema so auf dich gezählt. Gemeinsam würde es bestimmt gelingen, die Zwinkerer und die Käuer von den bösen Hexen zu befreien!"

„Ich kümmere mich einzig und allein um meine Untertanen, die Arsalen", erwiderte der Krake hochmütig. „Sollten die Hexen es wagen, das Grüne Land zu überfallen, werde ich sie in Stücke reißen! Alles andere aber geht mich nichts an."

„Das ist bedauerlich", entgegnete Stella, „denn in Hurrikaps Reich braut sich allerlei Unheil zusammen. Unheil, das nicht allein von Bastinda und Gingema ausgeht. Gewiss hast du schon davon gehört, dass in der Tiefe der Erde, im Unterirdischen Reich, der mächtige Zauberer Pakir wohnt? Alles deutet darauf hin, dass er beabsichtigt, das Zauberland zu überfallen."

„Ist das wahr?" Der Krake schien sichtlich beunruhigt. „Ich dachte, Pakir wäre längst tot ... Ach, was soll's, selbst dieser Zauberer interessiert mich nicht."

„Deine Worte bekümmern mich", Stella seufzte. „Trotzdem, verehrter Goodwin, ich möchte dir einen Zauberspiegel schenken. Vielleicht verspürst du ja Lust, hin und wieder einen Blick hineinzuwerfen. Wenn du eine bestimmte Beschwörungsformel sprichst, zeigt er dir, was sich in den verschiedenen Winkeln von Hurrikaps Reich tut. Dort tragen sich oftmals höchst wundersame, mitunter aber auch äußerst beängstigende Dinge zu. Vielleicht begreifst du dann, dass wir guten Zauberer zusammenhalten müssen. Nur so werden wir imstande sein, dem Herrscher der Finsternis, Pakir, zu widerstehen!"

Das Auge des Ungeheuers begann leicht knarrend zu rotieren.

„Wer sagt dir denn, dass ich ein guter Zauberer bin?" Der Krake ließ ein schepperndes Lachen vernehmen. „Vielleicht bin ich ja ein Bösewicht? Also schön, lass deinen Spiegel da und geh jetzt. Wenn ich dich brauchen sollte, kann ich dich ja rufen."

Stella hatte sich ihre Begegnung mit Goodwin anders vorgestellt; der kalte Empfang betrübte sie. Also legte sie den Spiegel auf den Stuhl und entfernte sich.

Kurze Zeit später trat James hinter dem Thron hervor. Er eilte zum Fenster und konnte gerade noch sehen, wie Stella auf einem rosa Wölkchen in den Himmel entschwebte.

„Wie schade, dass ich so grob mit dieser gütigen Fee umspringen musste", sagte er seufzend. „Doch was blieb mir anderes übrig? Wäre Stella auch nur einen Schritt näher gekommen – sie hätte meinen Schwindel durchschaut. Es soll lieber alles so bleiben wie bisher … Ach, es ist in der Tat nicht leicht, ein Herrscher zu sein. All meine Schätze würde ich dafür geben, nach Kansas zurückkehren zu können!"

Goodwin nahm den Zauberspiegel an sich und trottete in seine Gemächer. Er fühlte sich in dem riesigen Schloss plötzlich sehr einsam.

Viele Jahre später

Viele Jahre waren seither vergangen und nur selten hatte sich Goodwin in dieser Zeit seinen Untertanen im Thronsaal gezeigt. Dabei hatte er jedes Mal die Gestalt eines neuen Tieres angenommen, eines immer furchteinflößender als das andere. Schon bald hatten die Arsalen vergessen, dass ihr Herrscher früher einmal wie ein ganz normaler Mensch ausgesehen hatte, nur eben viel größer gewesen war als sie selbst.

Der alte Wardal war in all den Jahren noch mehr gealtert und schließlich in sein Heimatdorf zurückgekehrt. Die Pflichten des Haushofmeisters aber hatte Neslun übernommen. Er traf am häufigsten mit Goodwin zusammen und übermittelte seinen Landsleuten die Befehle des Herrschers. Neslun hatte bald nach seinem Amtsantritt geheiratet und eine Tochter bekommen. Sie hieß Filita und half ihm, als sie herangewachsen war, bei seinen Geschäften. Sie war es auch, die bedeutende Gäste zum Thronsaal begleitete, wenn sie mit dem Großen und Schrecklichen, wie sich Goodwin schon seit langem nannte, zusammentreffen wollten.

Faramant verbrachte seine Tage nach wie vor in dem kleinen Zimmer neben dem Stadttor. Jedem, der die Smaragdenstadt besuchte, setzte er eine grüne Brille auf und sicherte sie mit dem bewussten Schlüssel. Im Laufe der Jahre war aus ihm ein höchst würdevoller Mann geworden, der dennoch nichts von seiner Freundlichkeit eingebüßt hatte.

Was nun Din Gior betrifft, so war er nach der Zerschlagung von Goodwins Armee im Kampf gegen Bastinda als einziger Soldat des Grünen Landes übrig geblieben. Deshalb wurde er auch immer nur „der Soldat" genannt. Er hatte an der Brücke zum Wassergraben Posten bezogen und wachte mit Argusaugen darüber, dass keine Feinde in die Smaragdenstadt eindrangen. Doch wie zum Trotz verspürte niemand den Wunsch, die Kapitale des Grünen Landes zu überfallen. Und so vertrieb sich „der Soldat" die Zeit damit, auf der Granitbrücke zu paradieren, wobei er alle Arsalen, insbesondere die jungen Mädchen, durch seinen geschickten Umgang mit Speer und Lanze beeindruckte. Din Gior hatte sich auch einen langen Bart wachsen lassen – den längsten im ganzen Land! Er war so stolz auf diesen Bart, dass er ihn, einen kleinen Spiegel zu Hilfe nehmend, hingebungsvoll selbst dann kämmte, wenn er an der Zugbrücke auf Posten stand.

Goodwin jedoch führte fast zwanzig Jahre lang das Leben eines Eremiten. Vom üppigen Essen war er noch dicker geworden und das einst volle, rötliche Haar auf seinem Kopf hatte sich merklich gelichtet. Nach dem Essen stieg er gern zum Balkon des höchsten Schlossturmes hinauf, um dort genüsslich seine Zigarren zu rauchen.

„Hätte ich mir in meiner Jugend je träumen lassen, dass ich später einmal nicht nur Zigarren im Überfluss besitzen, sondern sogar

eine eigene Stadt errichten würde?", murmelte James selbstgefällig und ließ den Blick liebevoll über die smaragdene Kapitale schweifen. Dennoch verfiel er hin und wieder, für sich selbst unerklärlich, in Schwermut. In solchen Augenblicken war er bereit, all seine Reichtümer herzugeben, hätte er nur seine Jugend wieder und könnte, sei's auch bloß ein einziges Mal, die Bühne des Theaters in Kansas betreten, um die Rolle des herumgeisternden, stets durch die Bodenbretter krachenden Königs zu spielen!

Seinen Palast verließ Goodwin höchst selten und lediglich, um früh morgens dem verzauberten Berg einen Besuch abzustatten. James hatte sich mit dem Regenbogenvogel angefreundet, der dort zu Hause war, und viele geheimnisvolle Dinge über dessen Reich erfahren. Den Bewohnern des Zauberlandes war dieses Reich völlig fremd und verschlossen. Eines Tages, so behauptete der Vogel, würde es sich ihnen aber voll und ganz erschließen. Freilich sei es bis dahin noch ein weiter Weg.

Von Zeit zu Zeit holte Goodwin auch den Zauberspiegel hervor, den Stella ihm einst geschenkt hatte. Er murmelte die Beschwörungsformel und beobachtete interessiert, was sich in Hurrikaps Reich tat.

Eines Tages nun – Goodwin hatte sich gut gelaunt ans Werk gemacht, um eine neue Marionette zu basteln – geschah etwas Besonderes. Er wollte wie immer ein scheußliches Ungeheuer bauen, mit Schweinerüssel, Ringelhorn, zehn Pfoten, acht Augen und Zottelpelz, ein Tier, einmalig zum Fürchten, da verdunkelte sich draußen plötzlich der Himmel. Goodwin ließ von seiner Arbeit ab und stürzte zum Fenster. Fern im Südwesten schien sich etwas Merkwürdiges abzuspielen.

„Was kann das bloß sein?", murmelte James verblüfft. „Genau dort, in diesem Winkel des Zauberlandes, wohnt doch Gingema! Hat das Weibsstück etwa immer noch den Mut, mich zu überfallen?"

Er holte hastig den Zauberspiegel aus dem Schrank, sprach die Beschwörungsformel und bat den Spiegel, ihm Gingemas Höhle zu zeigen.

Die Hexe stand gerade vor ihrer Höhle und braute in einem großen Kessel irgendeine Zauberbrühe.

„Ich will einen gewaltigen Sturm entfesseln!", heulte sie mit schriller Stimme. „Er soll über die Berge in die Große Menschenwelt fliegen und alles dort vernichten! Sussaka, massaka, lema, rema, gema!"

In diesem Augenblick tauchte unvermittelt ein winziges Häuschen am Firmament auf. Gleich darauf stürzte es – r-rrumms! – geradenwegs auf Gingema herab!

Goodwin stieß einen überraschten Schrei aus und schloss die Augen. Hatte der verdammten Hexe jetzt wirklich das letzte Stündlein geschlagen? Aber wie war das möglich? Wo kam dieses Häuschen so plötzlich her? Es erinnerte ihn an die Planwagen, wie sie in Kansas üblich waren.

Kansas?! James stockte regelrecht der Atem bei dem Gedanken, dass der Sturm dieses Häuschen aus der Menschenwelt hergebracht haben könnte!

Nach einer Weile öffnete er die Augen wieder und sah im Spiegel, dass sich der Sturm gelegt hatte. Aus der Tür des Häuschens aber trat ein kleines Mädchen mit grünen Augen und zwei lustigen Zöpfen. Sie trug ein weißes Kleid mit roten Punkten und darüber eine Weste.

Das Mädchen sah sich erstaunt nach allen Seiten um und rief leise:

„Totoschka, wo bist du?"

Das Mädchen war natürlich niemand anderes als die kleine Elli, die in der Folgezeit zusammen mit ihrem Hündchen Totoschka zahlreiche gefährliche Abenteuer bestehen musste, was im Buch „Der Zauberer der Smaragdenstadt" ja genauestens nachzulesen

ist. Der Sturm, von Gingema entfesselt, wurde der Hexe letztlich selber zum Verhängnis. Er hatte Elli mitsamt ihrem Häuschen durch die Wüste und über die Weltumspannenden Berge ins Zauberland geholt und Gingema damit den Garaus gemacht.

Goodwin selbst kannte dieses Buch und die dort geschilderten Zusammenhänge natürlich nicht, deshalb verfolgte er jetzt erstaunt und mit großem Interesse im Spiegel, wie sich das Schicksal von Elli und ihrem Hündchen gestaltete. Er schaute zu und machte sich Gedanken.

Zum Beispiel über Ellis erste Begegnung mit der guten Fee Willina. Als er hörte, worüber die beiden sprachen, runzelte er ärgerlich die Brauen. Besonders verstimmte ihn, dass Willina aus ihrem großen Zauberbuch prophezeite, einzig der Große Goodwin könne sie, Elli, zurück ins heimatliche Kansas bringen.

„Was erzählt Willina denn da", rief er, „das ist doch die Höhe!

War ich es vielleicht, der den Sturm gerufen und Ellis Häuschen hergeschafft hat, um Gingema damit zu töten? Willina selbst hat es so eingerichtet, um der bösen Hexe den Garaus zu machen! Demzufolge ist sie dafür verantwortlich, dass das arme Mädchen hierher gelangt ist, ich aber soll die Kastanien aus dem Feuer holen! Das ist ungerecht! Trotzdem … das ist alles sehr merkwürdig. Willina ist doch eine gütige Fee, weshalb verhält sie sich jetzt so? Aber wie auch immer – sie hat die Suppe eingerührt, sie soll sie auch auslöffeln!"

Doch bei Willinas Worten, Elli müsse zuvor die sehnlichsten Wünsche ihrer drei Freunde erfüllen helfen, hielt Goodwin verblüfft inne. Noch mehr freilich staunte er, als die Fee dem Mädchen viel Glück auf dem Weg in die Smaragdenstadt wünschte, bevor sie aus dem Spiegelbild verschwand.

„Was soll man dazu sagen", knurrte Goodwin. „Als wenn Willina nicht genau wüsste, wie lang und gefahrvoll die Reise zu mir in die Smaragdenstadt ist! Alle Welt weiß schließlich um den grausamen Menschenfresser, der im Blauen Land sein Unwesen treibt, hat auch von den blutrünstigen Säbelzahntigern gehört, die dort im Wald auf Beute lauern. Die verschlingen die kleine Elli mitsamt ihrem Hündchen, ohne mit der Wimper zu zucken! Es wäre für die Fee ein Leichtes, die beiden in die Smaragdenstadt zu tragen, doch aus irgendeinem Grund verzichtet sie darauf. Und weshalb hat sie das Mädchen nicht darauf hingewiesen, dass die silbernen Schuhe der Hexe Gingema über Zauberkräfte verfügen? Ich kann zwar nur mutmaßen, über welche, doch der alten, weisen Willina dürften sie bekannt sein! Seltsam, wirklich seltsam! Bestimmt ist ein Geheimnis damit verbunden!"

Tagelang brachte Goodwin vor dem Zauberspiegel zu, verfolgte Ellis Abenteuer im Blauen Land. Er beobachtete, wie das Mädchen die Vogelscheuche, die später der Scheuch genannt wurde, von ihrem Pfahl herunterholte, sah auch, wie sie den Eisernen Holzfäller neu zum Leben erweckte. Erschrocken schaute er zu, wie der Menschenfresser Elli entführte und schließlich von dem wackeren Eisenmann zur Strecke gebracht wurde.

Durch den Spiegel wurde James nicht zuletzt Zeuge, wie Elli und ihre Freunde an der großen Schlucht die Bekanntschaft des feigen Löwen machten und gemeinsam mit ihm die bösartigen Säbelzahntiger verjagten. Aber erst als die Wanderer mithilfe des selbst gebauten Floßes den Großen Fluss überquerten und das Grüne Land betraten, wurde ihm jäh bewusst, wie klug durchdacht der Plan der Zauberin Willina war.

„Alle Wetter!", rief er und schlug sich anerkennend mit der Hand vor die Stirn. „Also nein, diese Willina! Man nennt sie nicht von ungefähr die weise Fee! Und ich habe mir den Kopf darüber zerbrochen, weshalb sie Ellis Häuschen aus dem fernen Kansas herzaubern musste, bloß um Gingema auszuschalten! Sie hätte doch einfach ihre Höhle zum Einsturz bringen, im äußersten Fall auch einen Felsen oder großen Baum auf sie niederstürzen lassen können. Dabei hat sie natürlich ganz genau gewusst, was sie tat. Es war für sie anscheinend notwendig, Elli ins Zauberland zu holen! Genauso wichtig wie der Umstand, dass dieses Mädchen, der Scheuch, der Eiserne Holzfäller und der Löwe Freundschaft schlossen. Schlau, wie Willina ist, hat sie offenbar die ganze Zeit über heimlich ein Auge auf die Kleine gehabt und ihre schützende Hand über sie gehalten. Die Frage ist nur, welches Ziel sie mit all dem nun wirklich verfolgt."

Wie sehr sich James auch den Kopf zermarterte – er konnte dieses letzte Geheimnis nicht ergründen. Dabei wurde ihm allmählich die Zeit knapp, denn Elli und ihre Freunde kamen der Smaragdenstadt mit jeder Stunde näher. Sie wollten ja, dass der Große und Schreckliche ihre sehnlichsten Wünsche erfüllte. Doch wie sollte er, Goodwin, das anstellen, wo er doch ganz und gar kein Zauberer war!

„Ich muss mir irgendwas einfallen lassen", grübelte Goodwin

und schritt unruhig im Thronsaal auf und ab. „Wie schaffe ich es bloß, der Strohpuppe ein Gehirn zu geben, dem Eisernen Holzfäller ein Herz und dem Löwen Mut? … Verdammt, mir will kein vernünftiger Gedanke kommen! Das Beste wäre, etwas Zeit herauszuschinden, vielleicht finde ich ja später einen Ausweg." Und verächtlich schnaufte er: „Das würde mir gerade noch fehlen, dass so eine hergelaufene Göre den Großen und Schrecklichen entlarvt!"

Schließlich aber verfiel Goodwin doch noch auf die rettende Idee. Er wollte Elli und ihren Freunden eine Bedingung stellen: Sie müssten zuerst die Hexe Bastinda vernichten, dann wäre er auch bereit, ihre sehnlichsten Wünsche zu erfüllen!

„Das ist es, ha-ha!" James rieb sich zufrieden die Hände. Und weiter kombinierte er: Die alte Willina ist natürlich viel mächtiger, als es auf den ersten Blick scheint. Sie hätte die beiden Hexen schon längst aus dem Weg räumen können, wenn sie nur gewollt hätte, doch sie tat es nicht, weil sie eine GUTE Fee ist. Erst als Gingema den schrecklichen Sturm entfesselte, um Unheil über die Menschen jenseits der Weltumspannenden Berge zu bringen, sah sie sich genötigt einzugreifen. Es wäre nicht schlecht, überlegte Goodwin, die alte Willina dazu zu bringen, nach Gingema auch die Hexe Bastinda auszuschalten! Wie das zu bewerkstelligen wäre? Ganz einfach – man müsste Elli und ihre Freunde ins Violette Land schicken! Dort würde ihnen natürlich nichts Ernsthaftes passieren, denn die gute Fee hatte ja stets ein wachsames Auge auf sie. Und mit Sicherheit weiß Willina auch schon längst, wie der bösen Bastinda beizukommen ist!

All diese Gedanken gingen dem Herrscher des Grünen Landes durch den Kopf, während er in den Zauberspiegel schaute. Wer aber die Geschichte vom „Zauberer der Smaragdenstadt" kennt und deshalb geglaubt haben sollte, Goodwin hätte Elli und ihre Freunde nur in den Kampf gegen Bastinda geschickt, um sie loszuwerden, irrt gewaltig. Er wollte sich auch nicht unbedingt davor drücken, ihre Wünsche zu erfüllen. James konnte sich ja sicher sein, dass Willina dem Mädchen beistehen und Bastinda letztlich zu Grunde gehen würde.

Genau so geschah es dann auch. Nachdem die Hexe mithilfe der Fliegenden Affen Elli und ihre Freunde zunächst hatte gefangen nehmen können, richtete es Willina so ein, dass ihr Schützling die böse Bastinda mit einem Eimer Wasser übergoss. Daraufhin zerschmolz die Hexe bekanntlich wie ein Stück Zucker!

Als Goodwin in seinem Zauberspiegel später auch das beobachtet hatte, war er aufs Höchste erfreut.

„Nun könnte ich sogar Herrscher über das Blaue und das Violette Land werden!“, rief er begeistert und hastete mit unruhigen Schritten durch den Thronsaal. „Niemand wird es wagen, mich aufzuhalten!“

Doch das Lächeln auf seinem Gesicht war auf einmal wie weggeblasen. James begriff, dass er im Grunde ganz und gar keine Lust hatte, drei Länder gleichzeitig zu regieren. Um ehrlich zu sein, hatte er es sogar satt, Herrscher über das eine Grüne Land zu sein.

„Was ist schon erfreulich daran, einsam hinter dem Thron zu hocken und an den Strippen dieser idiotischen Marionetten zu ziehen!“, murmelte er. „Worin liegt das Vergnügen, heimlich und verborgen vor den Blicken der anderen all die Truhen mit den Edelsteinen zu bewundern? Früher, als junger Schauspieler am Theater, träumte ich von Macht und Reichtum. Ich war aber schlichtweg ein Dummkopf, denn ich begriff nicht, dass ich gerade in dieser Zeit der glücklichste Mensch auf Erden war!“

Goodwin trat ans Fenster, wischte sich verstohlen eine Träne aus den Augen und blickte nach Westen, dorthin, wo fern hinter den Weltumspannenden Bergen Kansas lag. In diesem Augenblick wurde ihm mit aller Deutlichkeit bewusst, dass er bereit war, sämtliche Reichtümer der Welt herzugeben, wenn er nur wieder in seine Heimat zurückkehren konnte.

Leb wohl, Smaragdenstadt!

Als Elli und ihre Freunde nach dem Sieg über Bastinda in der Smaragdenstadt eintrafen, wusste Goodwin bereits, wie er die sehnlichsten Wünsche seiner Besucher erfüllen könnte.

Er hatte nämlich erkannt, dass der Scheuch auch ohne jede Zauberei klug, der Eiserne Holzfäller gütig und der Löwe tapfer waren. Den dreien mangelte es einzig an Selbstvertrauen und genau das musste er ihnen geben. James war überzeugt, dass er das ohne Schwierigkeiten schaffen würde. Schließlich hatte er ja auch vermocht, den Bewohnern des Grünen Landes und nicht zuletzt Stella und Willina vorzugaukeln, ein Großer und Schrecklicher Zauberer zu sein!

Weit schwieriger würde es dagegen werden, den Wunsch der kleinen Elli zu erfüllen, die nichts sehnlicher wollte, als nach Hause zurückzukehren, nach Kansas. Genau das aber war auch Goodwins Traum! Er hatte es gründlich satt, als Einsiedler in seinem Smaragdenschloss zu hocken und über die Geschicke des Grünen Landes zu befinden. Freude machte ihm das Regieren schon lange nicht mehr – im Gegenteil: Die Einsamkeit hatte ihn im Laufe der Jahre ziemlich zermürbt.

In dieser Situation besann er sich auf seinen alten Ballon. Die ganze Zeit bis zu Ellis Ankunft dachte er darüber nach, wie er aus gewöhnlichem Wasser den für einen Flug notwendigen Wasserstoff gewinnen könnte. Wenn er den Ballon reparieren und dann nicht einfach mit heißer Luft, sondern mit eben diesem Gas füllen würde, könnte er es bei günstigem Wind durchaus bis nach Kansas schaffen!

Schließlich war der Tag gekommen, an dem es für Goodwin ernst wurde, die Wünsche seiner vier Besucher zu erfüllen. Er begann mit der Strohpuppe, stopfte ihr ein Gemisch aus Kleie, Näh- und Stecknadeln in den Kopf. Die Arbeit war kaum getan, als der Scheuch auch schon stolz verkündete:

„Ich spüre richtig, wie ich mit dem neuen Gehirn klug und weise werde!"

Dann nahm sich Goodwin den Holzfäller vor. Ihm setzte er ein rotes, mit Sägemehl gefülltes Seidenherz in die eiserne Brust. Gleich darauf rief der Eisenmann, Tränen der Freude in den Augen:

„Ach, wie glücklich ich doch bin, meine lieben Freunde!"

Die wenigste Arbeit aber hatte James mit dem feigen Löwen. Er setzte der großen Katze ein Gemisch aus schäumendem Bier und Baldrian vor. Der Vierbeiner trank und es dauerte nicht lange, da rief er:

„Oh, wie mutig ich mich plötzlich fühle! Mein Herz quillt über vor Tapferkeit!"

Goodwin lächelte bei diesen Worten nur, begriff er doch, dass seine Rechnung aufgegangen war – die List hatte gewirkt. Zum ersten Mal seit langem hatte er das Gefühl, mit seinen Schwindeleien etwas Gutes getan zu haben.

Blieb nur noch Ellis Wunsch. Auf Goodwins Weisung hin hatten die Arsalen den Ballon in großer Eile geflickt und auf den Zentralen Platz der Smaragdenstadt geschleppt. Dort wurde er mit Wasserstoff gefüllt, denn James hatte inzwischen einen Apparat gebaut, mit dem er das Gas erzeugen konnte. Nur noch von einem Seil am Boden gehalten, schwebte das Gefährt schon bald sacht in die Luft.

Der Abschied ging allen sehr nahe. Tausende Städter hatten sich, von Unruhe erfüllt, auf dem großen Platz versammelt und lauschten den Worten ihres Herrschers. Goodwin erklärte, er werde jetzt in den Himmel aufsteigen, um der großen Zauberin Sonne einen Besuch abzustatten. Dann schärfte er ihnen ein letztes Mal ein, niemals die grünen Brillen abzusetzen, und benannte seinen

CME

Nachfolger im Amt – den Weisen Scheuch. Mit den Worten: „Auf Wiedersehen, meine lieben Freunde!“ stieg er in den Korb.

Ach, was brach da los! Die Arsalen, die ihren Herrscher seit vielen Jahren erstmals wieder zu Gesicht bekamen, konnten sich vor Begeisterung nicht lassen. Der Zauberer, der sich ihnen da präsentierte, war ganz und gar kein furchterregendes Ungeheuer, war nicht der oft beschworene Große und Schreckliche, sondern einfach ein dicker alter Mann mit Glatze, gütigen Augen und einem traurigen Lächeln im Gesicht. Wie sollten sie da nicht in Jubelrufe ausbrechen? Freilich war ihre Freude auch mit Kummer gepaart, viele hatten sogar Tränen in den Augen, denn Goodwin verließ sie, entschwand erneut am Himmel. Wussten sie denn, ob er jemals zurückkam?

„Hurra-a!“, ertönte es aus Tausenden Kehlen über den Platz. „Leb wohl, Goodwin!“ Dann aber folgten auch schon die ersten Hochrufe auf den Weisen Scheuch.

James winkte der Menge traurig zu. Es fiel ihm nun doch schwer, die Smaragdenstadt zu verlassen und den freundlichen, fleißigen Arsalen für immer Lebewohl zu sagen. Aber das Verlangen, seine Heimat Kansas wiederzusehen, überwog!

Währenddessen verabschiedeten sich Elli und ihr Hündchen Totoschka von den Freunden – dem Scheuch, dem Eisernen Holzfäller und dem Löwen. Sie ließen ihren Tränen freien Lauf, denn sie hatten sich in all der Zeit sehr angefreundet!

Plötzlich kam starker Wind auf. Er rüttelte am Ballon und Goodwin rief besorgt:

„Wo bleibst du denn, Elli, steig endlich ein!“

In diesem Augenblick zerriss eine Böe unverhofft das Seil und der Ballon stieg steil zum Himmel auf.

James starrte erschrocken in die Tiefe. Dort unten kam Elli gerannt, sie fuchtelte mit den Armen und rief ihm etwas zu. Wahrscheinlich bat sie darum, er möge noch einmal niedergehen mit seinem Ballon, doch wie sollte er das bei dem heftigen Wind anstellen?

Die Kugel strebte unaufhaltsam davon. Goodwin aber schaute unverwandt zu den funkelnden Türmen der Smaragdenstadt hinüber und konnte nicht glauben, dass er es war, der gemeinsam mit den Arsalen eine so wunderschöne Stadt erschaffen hatte.

„Leb wohl, Zauberland …", flüsterte er betrübt. „Werde ich dich jemals wiedersehen?"

Der Ballon flog nun zwischen Wolken dahin. Auf einmal entdeckte James in all dem Grau ein kleines rosa Wölkchen, das schnell näher kam. Ehe er sich's versah, war es geschmolzen, verwandelte sich zu seiner Verblüffung in die Fee Stella, die nun neben ihm herschwebte. In der Hand hielt sie eine rote Rose.

Goodwin verneigte sich ehrerbietig und murmelte zerknirscht:

„Bitte verzeih mir, gütige Zauberin. Ich habe die Bewohner in Hurrikaps Reich viele Jahre lang genarrt, habe auch dich und die gute Fee Willina getäuscht. Du sollst wissen, dass ich nie ein Zauberer gewesen bin! Vor dir steht ein gewöhnlicher Mensch, der ein Leben lang davon geträumt hat, reich und mächtig zu sein. Hier im Zauberland habe ich mein Ziel erreicht, jedoch nur durch arglistige Verstellung. Das ist wohl auch der Grund, dass weder der Herrschertitel noch all die Schätze mir Freude oder gar Glück gebracht haben …" James seufzte tief und senkte beschämt den Kopf.

Zu seiner Überraschung aber lächelte Stella, schüttelte den Kopf und erwiderte mit silberhellem Stimmchen:

„So schlimm ist dein Vergehen nun auch wieder nicht, lieber Goodwin. Gewiss, du hast dich unter Vorspiegelung falscher Tatsachen zum Herrscher des Grünen Landes gemacht und das gereicht dir nicht eben zur Ehre. Andererseits konntest du sehr viel Gutes bewirken. Du hast die wunderschöne Smaragdenstadt gebaut und dein Volk vor den bösen Hexen beschützt. Und nicht zuletzt ist es dir gelungen, die sehnlichsten Wünsche des Scheuchs, des Eisernen

124
Leb wohl, Smaragdenstadt

Holzfällers und des Löwen zu erfüllen. Es sollte mich übrigens sehr wundern, wenn du nicht schon längst ahnst, dass Willina und ich künftig auf die Hilfe der drei bauen. Dem Zauberland stehen nämlich einige bedrohliche Ereignisse ins Haus, da sind wir auf treue Freunde und zuverlässige Helfer wie sie angewiesen."

Goodwin nickte.

„Du hast recht, teure Stella, das ist mir klar geworden. Nur konnte ich leider Ellis Wunsch nicht mehr erfüllen. Der Strick, der den Ballon am Boden hielt, ist ganz zur Unzeit gerissen! Oder ... war das vielleicht gar kein Zufall?"

Die gute Fee blinzelte schelmisch.

„Im Zauberland gibt es keine Zufälle, verehrter Goodwin. Das mit dem Strick geht auf unser Konto, weil wir das Mädchen hier noch brauchen! Willina ist fest davon überzeugt, dass Elli bei uns viele wundersame Dinge bewirken wird, nur deshalb hat sie ihr bisher nichts von der Zauberkraft der silbernen Schuhe erzählt. Denn wäre das Mädchen sofort nach Kansas zurückgekehrt, hätte sie niemals die Bekanntschaft der drei Freunde gemacht und das Zauberland ins Herz geschlossen."

„Das heißt also, ihr werdet Elli zu gegebener Zeit helfen, nach Hause zurückzukehren?", schlussfolgerte Goodwin.

„So ist es!" Stella nickte. „Allerdings wird das Mädchen mit ihren Freunden erst noch einige Abenteuer bestehen müssen. Zum Beispiel erwarte ich sie schon morgen bei mir im Rosa Land. Ich möchte, dass sie dem tapferen Löwen hilft, König der Tiere zu werden. Sie soll auch die Bekanntschaft der Marranen machen und mein Volk, die Schwätzer, kennenlernen. Allerdings wird sie in naher Zukunft auch einige nicht ganz ungefährliche Situationen meistern müssen. Doch am Ende wird alles gut ausgehen, dafür verbürge ich mich."

„Ach so verhält sich das", murmelte Goodwin. „Demnach wird Elli nicht nur das eine Mal zu Gast im Zauberland sein ..."

„Keineswegs“, bestätigte Stella. „Du aber kannst versichert sein, dass sie und ihre Freunde dich stets in guter Erinnerung behalten werden.“

Goodwin senkte den Kopf.

„Da hat mein Leben also doch noch einen Sinn bekommen“, sagte er leise. „Wie oft habe ich den Kindern in meiner Heimat Kansas vom Zauberland erzählt. Aber ich wäre niemals auf den Gedanken gekommen, ich selbst könnte dabei helfen, es noch schöner und wundervoller zu machen!“

James zögerte kurz, dann holte er den Zauberspiegel unter der Bank hervor und reichte ihn Stella.

„Ich möchte diesen Spiegel Elli schenken, bitte gib ihn ihr! Zuerst wollte ich ihn ja nach Kansas mitnehmen, doch ich glaube, das Mädchen kann ihn hier besser brauchen.“

„Das will ich gern tun“, erklärte sich Stella bereit. „Zu gegebener Zeit. Und nun leb wohl, Großer und Schrecklicher Goodwin! Ich wünsche dir, dass du in deiner Welt von Herzen glücklich wirst! Hier jedenfalls, in Hurrikaps Reich, wird die Erinnerung an dich immer lebendig bleiben. Du warst zwar kein Zauberer, doch du hast die herrliche Smaragdenstadt erschaffen, die Jahrtausende überdauern wird – solange es Menschen auf der Erde gibt!“

Stella reichte ihm die rote Rose und küsste ihn unvermutet auf die Wange. Dann flog sie davon und verschwamm gleich darauf mit den Wolken.

Goodwin schaute ihr gerührt nach.

„Ich würde zu gern wissen, wie es mit dem Zauberland weitergeht und wie Elli sich bei all ihren Abenteuern hier behauptet“, murmelte er.

James wandte den Blick von den Wolken und schaute nun in die andere Richtung. Dort erspähte er in einiger Entfernung die schneebedeckten Gipfel der Weltumspannenden Berge, die mit jeder Minute näher kamen.

„So viele Jahre habe ich davon geträumt, in mein geliebtes Kansas zurückzukehren“, flüsterte er. „Weshalb krampft sich jetzt mein Herz vor Schmerz und Wehmut zusammen? Leb also wohl, Smaragdenstadt, lebt wohl, meine Freunde! Wir werden uns wohl niemals wiedersehen.“

Doch Goodwin irrte sich. Wenn es auch Jahre dauern sollte, eines Tages würde er ins Zauberland zurückkehren und dort zusammen mit dem Scheuch, dem Eisernen Holzfäller und dem tapferen Löwen neue Abenteuer bestehen.

Inhaltsverzeichnis

GOODWINS